JN057897

プロローグ　15：53

白い点のまわりに、視線が集まっている。

白い点を取り囲むように、想いが集まっている。

青い秋空の下、緑の芝生に引かれた白線の間にある、白い点。サッカーのゴール正面から11メートル離れた場所にある、ペナルティースポットに、西嶋俊太がボールを置く。

その視線は、定まっていない。彼はボールを見ているのか、ゴールを見ているのか、それとも対面するゴールキーパーを見ているのか、ゴール裏客席に広がるサポーターたちを見ているのか、はたまた別の何かを見ているのか、判然としなかった。

だが、彼が何を見ているかわからないとしても、その場にいる全ての者の視線が彼の元に集められていた。後半のアディショナルタイムに、ペナルティーキックを蹴ろうとしている彼の元に。

箭内大義らホームチームの仲間たちは、キッカーが決めることを願って見つめていた。倉持丈らアウェイチームの相手たちは、味方のゴールキーパー三沢敏のセーブに期待して見つめていた。

両チームのベンチでは、もう交代してプレーできない選手や、監督、コーチがやきもきしていた。ホーム側ベンチの監督は動じていないように見えて、手に汗を握っていた。

アウェイ側ベンチの監督は、作戦の指示なのかエールなのか何だかわからないことを延々叫び続けていた。

客席からは両チームのコールが、競うように響き合っていた。深緑色に染まったホーム側が優勢だったが、アウェイ側も、観客は少ないながら赤と黒の旗を掲げ、スタジアムの空気を揺らす。

運営スタッフもゴール前を見つめている。試合後のイベント準備をしている者が手を止めていても、咎める者はいなかった。

そして、このキックの行く末を伝えようとする者たちも、目を離さなかった。スチールカメラも、テレビのカメラも、そして、ハンディカメラを構えた、石橋美香も。


——これが、最後になるかもしれないんだから——


タイムアップの笛が吹かれるのは、このＰＫが決まった後か、外れた後か。その先は、どうなっているのか。

それは、まだ誰にもわからない。

目次

主な登場人物

石橋美香（いしばし・よしか）…杜都テレビ記者。元キャスターでスポーツコーナー担当。行き詰まりを感じ、スクープを手土産に転職を試みる。猪突猛進。周りは見えていない。

原睦月（はら・むつき）………杜都キマイラスを追い続けるフリーランスライター。聞かれれば説明し、聞かれなければ説教する。

【杜都キマイラス】

足柄実（あしがら・みのる）……監督。シーズン途中に成績不振で解任されたバート前監督のあとを受け、コーチから昇格。最終節で1部リーグ残留を目論む。

三日月譲（みかづき・じょう）…前々監督。地方都市のクラブを躍進させたが、突如退任して行方知れずに。

箭内大義（やない・たいぎ）……ＭＦ。杜都一筋、酸いも甘いもかみ分けるベテラン。引退の噂がある。

西嶋俊太（にしじま・しゅんた）…ＭＦ。パスセンスがあるが、箭内の弟分的な存在感のせいもあってか、あまり目立たない。

夏目優作（なつめ・ゆうさく）…ＧＫ。主将。堂々とした振る舞いとセービング、そしてコーチングで頼りがいがあるが、インタビューは苦手。

和久井貴理人（わくい・きりと）…ＤＦ。若手のセンターバック。体は強いが自己主張が苦手。

ロビン・リッター…………ＤＦ。リヒテンシュタイン代表。５ヶ国語を話し、杜都に馴染む。最終節は母国のメディアが取材に来る。

井田隼人（いだ・はやと）………ＤＦ。若手の右サイドバック。いつもがむしゃらにプレーしているうちにゴール前まで攻め上がってしまう。

ヨハン・ヤコブセン…………ＭＦ。フェロー諸島代表。ＤＦでもプレーできる守備力があるが、攻撃好き。

弥田涼（やだ・りょう）…………ＦＷ。速さも高さもパワーもないが、ポジショニングに優れる点取り屋。数々の女性と浮き名を流してきたらしい。

葦原孔二（あしはら・こうじ）…社長。健全かつ節約経営がモットー。1部残留に気を揉む。メディアをかわすのがうまく、論語の引用で煙に巻く。

秦拡（はた・ひろし）…………現場総責任者（ＧＭ）。口が軽い。

信夫悠太（しのぶ・ゆうた）……強化部長で秦の部下。口が堅い。

節田達二郎（ふしだ・たつじろう）…広報部長。気さく。規則に対しておおらかなところがある。

米倉牧子（よねくら・まきこ）…広報。仕事熱心で、上司が緩いぶんも規則に厳しい。

三田淑江（みた・よしえ）………試合運営ボランティアを長年務める。受付の補助を担当することが多く、やたら記憶力がいい。

キュー衛門………………………マスコット。デザインを一般公募したが、票が割れて無理矢理融合された。気まぐれ。

【阿知美セイバーファングス】

ゲラエストラ……………………監督。ブラジルで実績十分の理論派で、優勝請負人として阿知美に。チームの士気を高めようとするあまり、つい話が長くなる。

倉持丈（くらもち・じょう）……ＭＦ。沈着冷静、若手の頃から天才ＭＦと持ち上げられることが多く、そのためメディアは苦手。海外移籍の噂がある。

斯波俊秀（しば・としひで）……ＭＦ。杜都で育ったが引き抜かれた。中盤ならどこでもこなし、大胆なパスも出せるが本人はいたって小心者。

トゥバロン……………………ＦＷ。リーグ得点王争いのトップを走るブラジル人ストライカー。獰猛にボールを追い、ゴール前へ飛び出す。

【その他】

篠玲美（しの・れいみ）…………杜都テレビの現スポーツキャスター。人当たりが良い。

七尾理（ななお・おさむ）………ベテラン実況アナウンサー。堅実・冷静だが派手さはない。

松島英治（まつしま・えいじ）……解説者。解説だが実況より簡潔に喋る。

立石明日菜（たていし・あすな）……ピッチリポーター。何事もテキパキこなす。

ミヒャエル・シュトラッサー……リヒテンシュタインからリッターの取材にやってきた記者兼カメラマン。自由奔放。

ヘンリエッタ・ローナー……ミヒャエルのアシスタント記者。好奇心旺盛で懐が深い。

降谷（ふるや）……………イベントスタッフを装ってデルタスタジアム杜都に侵入したユニフォーム泥棒。やむを得ず兄貴分の登（のぼり）についていく。

N1リーグ最終節前の順位表

	順位	チーム	勝ち点	試合数	勝ち	分け	負け	得点	失点	得失点差
	1	阿知美	67	33	19	10	4	57	33	24
	2	洛沖	66	33	19	9	5	63	30	33
	3	香間	55	33	15	10	8	54	34	20
	4	花井	55	33	16	7	10	54	40	14
	5	羅毛	51	33	14	9	10	65	48	17
	6	若木	51	33	14	9	10	39	34	5
	7	内根瀬	51	33	15	6	12	49	51	-2
	8	坊二屋	44	33	11	11	11	43	44	-1
	9	射手美	43	33	12	7	14	56	53	3
	10	梁	42	33	9	15	9	39	43	-4
	11	水瀬	42	33	11	9	13	36	42	-6
	12	加有	40	33	11	7	15	48	49	-1
	13	冷張佐	40	33	11	7	15	47	48	-1
⚠	14	杜都	39	33	11	6	16	42	59	-17
降格圏	15	新田奈	37	33	10	7	16	36	50	-14
降格圏	16	三府	34	33	8	10	15	37	55	-18
降格圏	17	櫃津	33	33	8	9	16	26	43	-17
降格圏	18	縁堤	22	33	4	10	19	25	60	-35

第1部

09:52 報道陣受付

＊

最後のプレーの瞬間に、人はどんな表情をしているのだろう。

同じ試合のピッチ上でプレーしている人たち。
ベンチから試合に関わっている人たち。
スタンドで熱気を受けている人たち。
スタンドから熱気を届けている人たち。
コンコースで役割を果たしている人たち。
試合が見えない位置で、業務を遂行している人たち。
……その場所にいなくてもいい。
放送を通じて試合を視聴している人たち。
文字速報で追いかけている人たち。
どんなかたちであれ、遠くから行方を見守っている人たち。
そのような人たちは試合を通じて、喜怒哀楽、どんな表情でいるのだろうか。

期待や不安を抱きながらこの場所にやってきて、
キックオフを前に気持ちが高まって、
最初の笛が吹かれてからもっと高まって、
90分間で何度も感情が爆発して、
最後の笛が吹かれたときにまた何かの形をとる。
そして、また様々な感情とともにこの場所を後にする。

最終節は、ただの1試合ではなく、特別な1試合だ。

その場所に集まる人にとって、良い年でも、悪い年でも、その年の最後は特別なもの。

最後の一戦で、何事もなくこれまで通りの流れが続くかもしれないし、あるいは何かがひっくり返るかもしれない。

この国のリーグ戦は、春が訪れる少し前に幕が上がり、秋が深まる頃にクライマックスを迎える。このスタジアムは、シーズン最後の日を、春からずっとつながってきた青空のもとで迎える。

季節が秋から冬に移ろうとしているその日、寒さが増す周りの空気とは対照的に、この場所の空気は1年で最も熱量を増す。

この国のどこか、杜都市に建つデルタスタジアム杜都へ、ようこそ。

ここは、〝思い〟が集まる場所。

＊

最寄り駅からデルタスタジアム杜都へ、遅くもなく速くもなく歩いて約5分。駅からの歩道橋を下り、沿道の幟や、看板や、はたまた足下のマンホールに書かれた矢印と文字もしくは音声案内に導かれれば、迷わず目的地に着く。

その日、この道のりは、いつもよりも早い時間から賑わっていた。

この国のプロフットボールリーグ『Nリーグ』の最終節となる第34節。地元の杜都キマイラスと、アウェイチームの阿知美セイバーファングスとの一戦を前に、人の波ができていた。

両チームの選手やスタッフが乗ったバスが到着するのは、まだ先の話だ。しかしこの試合を運営する会社やスタジアム内に設けられたブースに出店する店の中には、前日から準備をし、泊まりがけの者もいる。この試合を中継するスタッフも、キックオフの何時間も前からスタジアムに入っている。

何より、試合開始どころか開場も待ちきれない両チームのサポーターが、早いうちからこの熱気に満ちた人の流れを作っている。

その流れの中にいた原睦月は、駅からスタジアムまでの短い道のりで何度も杜都のサポーターに声をかけられた。

「キマイラスは大丈夫そうですか」

「今日こそ勝ってくれますよね」

「頼むから残ってほしいですよね」

質問というより懇願に近い声色で、そのような言葉を投げかけられてきた。そしてスタジアム近くの小川に架かる橋を渡ろうとしたところで
「キマイラス、た、助かりますよね」

という悲壮感に満ちた声を掛けられると睦月はそれまでの声に対してと同様に、

「大丈夫、だと、思います」

と平静を装って伝えた。今回の答え方がそれまでと違っていた点を挙げるとすれば、

相手に気圧されて若干言葉が途切れたことと、答えている最中に猛スピードで何者かが乗ったバイクが背後を通り過ぎたせいで、後半部分が相手に聞こえたかどうか確信が持てないところだった。

「自分にもわからないし、答えはスタジアムの中にある」

という本音は口に出さず、睦月は報道陣の中で最初に取材パスを受け取るべく、開いたばかりの受付に向かった。スタジアムのにおいが近づく。

＊

「今日は〝００２〟番でお願いします」

杜都キマイラスの受付担当の米倉牧子は、〝００２〟と書かれたプレスパスを、向かいに立っている睦月に手渡した。一番乗りは睦月ではなかった。

「どうしました？」

反応のない睦月に、牧子は問いかける。しばしの間の後に、睦月は口を開いた。

「ちょっと待て、なんで2番、なんで2番なんだ。この時間に来ているのなんて中継局の連中だけだろ。いつもの1番はどうしたの」

「ありません。既に受付済みです」

「どういうこと？1番は俺のためにある番号であって、先客がいても空けておいて2番を渡しておくべきだろ」

「意味がわかりません」

14時開始の試合から3時間と45分前、スタジアムの報道受付で、睦月は〝001〟の番号が書かれたパスを受け取ろうと躍起になっていた。

Nリーグの取材において、試合当日に報道関係者であることを示すプレスパスは数種類ある。いわゆる〝ペン記者〟用のプレスパスも会社ごとに用意されているのだが、睦月は運動記者協会に登録されていないフリーランスのライターであり、いつも会社名の入っていない番号入りのパスを受け取る。

睦月は杜都のホームゲームでは、常にこの時間帯にスタジアム入りし、〝001〟と書かれたプレスパスを受け取ることに拘泥していた。しかし、この年のリーグ戦を締めくくるNリーグ1部（N1）最終第34節、彼のプレスパスは2番目だった。

「2番に来たからこのパスです。ルールですから」

「頼むよ頼むよ牧子ちゃん」

「気易く呼ばないでください。呼び方でルールが変わることもありません」

動じず対応する広報の牧子に、不明瞭な理屈でまくし立てる睦月。その様子を見て、広報部長の節田達二郎が近づいてきた。

「ようお疲れ原ちゃん。今日も頼むね。え、そんなことで揉めてんの？　たしか〝001〟番は……」

＊

「何でお前が001番なんだよ」

原睦月の言葉は、デルタスタジアム杜都内プレス控え室に座る石橋美香に向けられた。

「いいかその001番は俺のお得意様にしてこだわりの番号、1番の証明、それ即ち熱意の表れだ。気合いが違うんだよ気合いが」

意味のわからない睦月の言葉に、その聞き手は全く動じていなかった。首に〝001〟の番号が記されたプレスパスをかけた美香は、視線を睦月ではなくPCに向け、ひたすらキーを打ち続けている。さっき睦月の背後を猛スピードで通り過ぎたバイクの主だ。

「いいじゃないい何番だって。今仕事中なんだから話しかけないでくれる？」

と視線はそのままに、温度の低い声だけを返す。

「大体何で社名なしのパスなんだよ。お前には会社の専用パスがあるだろうが。っていうかビブスなんじゃなかったのか」

その言葉に一瞬美香が平静を装いつつ「はっ」としたことを、睦月は見逃さなかった。

美香は、地元のテレビ局である杜都テレビ（ＴＴＶ）の契約社員扱いの記者である。同社は運動記者協会に加盟しているため、普段Ｎリーグ取材では〝杜都テレビ〟の社名が入ったプレスパスが００１から００６まで用意されており、美香もそれを下げていた。しかしこの日は、通常クルーで受付をするはずの同社の記者も、アナウンサーも、カメラマンもまだおらず、彼女一人だけが控え室にいた。フリーランスの記者が着けるプレスパスの、００１番を付けて。

「それ見ろ何か事情でもあるんじゃないのか！」

「うるせえ、静かにしろい」

「す、すみませんゲンさん」

ゲンさんと呼ばれたカメラマンの出村元は、カメラマン専用のビブスを着用している。睦月はボリュームを一段階下げて説教の続きをしようと、姿勢を正す。

「原ちゃん。ちょっと」と逆方向から呼ぶ声が聞こえた。

「なんだ節さん。001番を持っていったのがこの女だって教えてくれたことは感謝するけど、認めはしないからね。俺の話はまだ終わってな……」

「〝その女〟なんだけどね、原ちゃん、お説教に熱が入ってる間にマーク外しちゃったよ？」

椅子には誰も座っていなかった。睦月の視界から、美香はとっくに消えていた。

＊

「鬱陶しい鬱陶しい鬱陶しい！」

石橋美香は報道陣控え室からスタジアム関係者入り口に到る廊下を、ズカズカと早歩きしていた。靴がヒールであればそれはもうガツガツ音がしていただろう。

あんな小者に構っている暇はない。それが、美香の本音だった。何が〝001〟がこだわりの番号だ。ほかにこだわることはないのか、それでもフリーランスの報道者か。

だからいつも記事の論調が甘いのよ……。

美香は杜都テレビの記者だが、正社員ではない。契約社員の身分だ。記者でありディレクターも兼ねた身でもあり、普段はカメラマン、アシスタント、アナウンサーらとクルーを組んでここにやってきて、受付で〝杜都テレビ〟の専用パスをクルーの人数分、受け取る。

しかしこの日は、美香は社名入りの専用パスをつけられなかった。Nリーグの取材規定では1社あたり最大6人と定められているのだが、同社の取材申請者リストに美香の名前は無かった。

「悪いねえ石橋君。大事な一戦なのでエースを送りこむことにしたから……」

試合1週間前、上司に何気なく言われたそのとき、美香の中で何かが爆発した。

彼女は杜都キマイラスが2部の頃から取材を続け、少なからずスクープも得たし、製作したリポートには視聴者から好反応をもらうことも少なくなかった。なのに、美香の待遇は上がらず、契約社員のままだった。そもそも局に入ったときはフリーのアナウンサー、キャスターだったはずだが、30歳の頃に選択を迫られた結果、スタジオの華から前線の兵隊になることを彼女は選んでいた。

今までの実績をなんだと思っているのか。キマイラスの一大事を取材するための〝エース〟は自分ではないのか。

本来なら社名入りのパスでしか試合取材の申請はできないのだが、美香は独断かつ強引にフリーランスの扱いで取材申請を通してしまった。

だからこそ、この一戦でスクープが欲しい。そして、見返してやる。未来を変えてやる。だからこそ、パスの番号ごときに血相を変える小者に構っている暇はない。

歩き続ける美香の視界に、とある中高年の男が入ってきた。反射的に速度が増し、声が出ていた。

「社長おおー」

プロフットボールクラブ・杜都キマイラスの運営会社である『株式会社 杜都キマイラス』。その代表取締役社長である葦原孔二は、Nリーグのホームゲーム開催時には運営責任者でもある。試合日の朝早くから会場のデルタスタジアム杜都にはいるのだが、あちこち動き回っているためにその所在は読みにくい。

噂では、報道陣に追いかけられても煙に巻けるように常に所在不明ということにしているとも聞くが、この日のキックオフ約3時間30分前は所在が明らかだった。対戦相手である阿知美セイバーファングスの運営会社スタッフを迎えるために、スタジアムの関係者受付に来ることは間違いなかったからだ。

　いつものようにこの場所に向かった葦原は、選手たちに先駆けて会場入りする相手の広報・運営スタッフを、入り口の方を向いて待っていた。

　しかし相手チームよりも先に、もっと厄介な者が急接近してきたことを、葦原は右側の耳に飛びこんできた「社長おおー」の声で察知した。

　また、あの記者か！　そう葦原が思ったときには、もう遅い。声の主である石橋美香があっという間に間合いを詰めていた。

「お疲れさまです葦原社長！　早速ですが！」

　疲れるのはこれからなのだが、と思う間もなく、この女は畳みかけてくる。

「この最終節を前に分かる範囲で教えていただきたい！　足柄監督は続投するのか否か！　噂ではまた外国人監督の名前も出ていると！　それから箭内選手が現役続行するかどうかと、あとは…」

　美香が取りたい起死回生のスクープにまつわる質問はその後も続く予定なのだが、何せ聞き方がこの調子であり、しかもＴＰＯに全く即していない。葦原社長の対応も慣れたものだった。

「石橋君、これで何回目か分かったものではないけどねえ、ここで答えられるわけないでしょう。『君子は食を終うる間も仁に違うことなし』というではありませんか」

社長は場に即した話をしているようでしていないのだが、原典を知らぬ美香は一瞬静止した。

「どけどけ、邪魔だ！」

そこで、美香と社長の間に、受付を済ませ控え室に向かう団体が割り込んできて、質疑応答を強制終了してしまった。

嵐のようにやってきた一団は、この日にデルタスタジアム杜都で試合をするアウェイチーム・阿知美セイバーファングスの担当記者たちと、アウェイでもホームでもない、表向き中立の立場にある首都圏のメディアの者たちだった。

表向き、というのは、中立のように見えて、実際は阿知美側の立場だからだ。彼らは常勝軍団である阿知美が優勝するその瞬間を肌で感じ、喜びの声を聞き、記事にするためにやってきた。従ってその会場がどこであるか、相手がどこであるかは、彼らにとって些細なことだ。いや待て、〝その会場がどこであるか〟で杜都との対戦を心待ちにしている者が一人いた。

「杜都出張が楽しみなんだよねー。モツバーガーも豆餅も待っているし、寿司もあるし」

「お前はいつも食いものの話ばかりだな。今、我々がやるべきことは、優勝のその瞬間をパッケージすることだ」

全国紙『汐見新聞』の八本松邦夫が、食い気で筆を動かしているようなスポーツ紙『西郷スポーツ』の自称「優勝争い担当」喜田義正を嗜める。しかし、八本松は内心、期待していた。この男は全国各地のスタジアムグルメに目がなく、聞き込みもネタ探しもそっちのけで売店を探す。でもどういうわけか、こういうタイプがスクープの現場に鉢合わせるのだから世の中は分からない。

あるときは、選手の囲み会見の場に喜田が不在だったために呼び出しにいったところ、会見を忘れて売店でフライドポテトの盛り合わせを頬張っていた。しかし同じ店の行列に、まだ公式発表されていない大物新加入選手がいたところに出くわし、八本松と喜田がスクープでそれぞれ自社の社内賞を手にしたこともあった。

八本松はこの試合を前に、阿知美のエース級の選手の独占手記を取材で書きためていた。その存在は、他の記者には内緒にしてある。こういう場合は阿知美担当同士で申し合わせて別々の選手を担当するのが通例だが、今回は黙っていた。八本松が取材を重ねていた人物が、優勝を手土産にイングランドの名門に移籍する可能性が極めて高かったからだ。

阿知美の担当記者たちが一気に試合開始3時間半前に押し寄せたことで、せっかく社長を問い詰めていた石橋美香は人波に押し戻され記者控え室に戻る羽目になってしまった。

*

周りがワイワイザワザワしているのが、美香を一層苛立たせる。葦原社長の口を割らせて裏を取ることができなかった原因は、彼女の辻斬りにも似た強引な切り口に起因する。だが、当の美香は首都圏からの記者ご一行様の横槍のせいだと思い込んでいる。

彼ら〝阿知美番〟の記者たちと優勝争い特別取材班の面々は、場所取りのために先を急いでいた。この杜都の受付は基本的に試合開始4時間前から空いている。しかし首都圏のクラブの受付は慣例で3時間半前に開くため、杜都の地元メディア以外は、この地でもそのタイミングで一斉に押し寄せてきた。そして3時間半前に押し寄せると、用意どんで、記者控え室の良い机を早い者勝ちで取ろうとしていた。

しかしこのデルタスタジアム杜都の記者控え室は、几帳面な広報である米倉牧子によって、机ごとに取材媒体ごとの割当が決まっていた。

従って、首都圏からの報道陣は、拍子抜けした反面、ホッと一息つけたことも事実だ。あとは試合開始までまだまだ時間がある。そりゃあスタジアムグルメの話もしたくなるというものだ。

「何より、あんな連中と仲良くしてるのがまたムカつく。あんたは杜都の側の人間でしょ。阿知美目当ての連中と何和気あいあいとしてるのよ」

途中から心の声が音を持ち始めていた。美香の苛々の矛先は、原睦月に向いていた。彼は阿知美番で同じくフリーランスの鉾山耕作と談笑していた。

「誰よりも情熱を持って杜都キマイラスの取材現場に足を運ぶ」「杜都キマイラスの現状を誰にも負けないレベルで伝えられる」。彼には、そういう豪語を何度も聞かされてきた。「派手なスクープはない代わりに、日々の積み重ねで地味ながら心に届く記事を書く」。それが彼のモットーだと何度も聞かされてきた。

「だから何。今は相手にこびを売っているだけじゃない。何が情熱よ。あっと驚くスクープの一つでも取れないくせに」

やり方はさておき、石橋には、自分はスクープでここまで続けられた自負がある。一方で、続けてはいても、自らの立場が変わらないもどかしさも感じていた。考えても仕方ないことばかりが頭に浮かんできて、美香はまたじっとしていられなくなった。

サポーターだ。サポーターから言質を取るのだ。

石橋美香は自らの生き残りをかけたスクープを、サポーターから聞き出そうと思いついた。杜都キマイラスの危機的状況で、望みを捨てずチームを支えるサポーターに、選手や関係者は何かを漏らしていないか。その考えが頭に浮かんだとき、美香は開場を待つサポーターに向けて足を動かしていた。

キマイラスはもともと、そんなに強いチームではない。財政の規模も小さく、国を代表する選手もいない。堅実経営でN1に残留し、時に中位くらいにいて、時に優勝争いをかき回すくらいできれば上出来の戦力というところだった。

しかし3年ほど前に、三日月譲という監督が就任してから、チームは変わった。就任初年度こそ残留ギリギリの14位に終わったものの、低い順位故にあまり戦力を引き抜かれなかったことが幸いしてか、それとも三日月監督が本当に名将だったのか、翌年一気に上位に進出。最終節まで優勝を争い、惜しくも2位に終わった。〝北の奇跡〟とまで騒がれたこの大躍進時には、今日は阿知美目当てで来ている記者のうち何人かが杜都目当てで取材攻勢をかけていた。

それから時が経ち、今季の最終節。相手は優勝がかかっているのに、こちらといえば残留がかかっている状況だ。33試合を終えての杜都キマイラスの順位は、18チーム中14位。15位との勝ち点差はわずか『2』だった。

運も無かった。例年なら2部に自動降格するのは下位3チームなのだが、4年に一度のW杯が開催された今季を前に、緊張感を増すために下位4チームが降格する厳しいルールに変更されたのだった。前年のW杯最終予選で日本代表が苦戦したことで、「普段のNリーグが生温いからダメなのだ」という辛口評論家の意見になぜかネット上で同調する者が増え、しまいにはサッカー通を自称する有名芸能人がSNSで同意したことから拡散、これを真に受けたリーグ側が規定を変えて降格枠を増やしてしまったのだ。

杜都の危機に頭を痛める一方で、美香は野心を胸に秘めてスタジアム入り口に向かった。

＊

「もう勝つしかない。ホームで頼む！」

「失点が多いので、もう90分間守って！」

「頑張って、キマイラス！」

さてチームの現状をどう見る。残留できるのかできないのか。そして、何を期待するのか。先程の社長への切り込みをちょっとだけ反省した石橋美香は、ベーシックな質問から、サポーターの口を開かせようとしていた。しかし「意気込みを聞かせてください」という、素直とも不器用とも言える質問しか出せず、サポーターは実に率直な声を返してきた。実際のところ放送用にワンフレーズを切り取る上でも都合がいいし、何より脚色も何もない素直な声でもある。

だがこれらの答えは、美香が求めたスクープには直結しなかった。無理もない。この危機的状況では、素直な心が出るもの。サポーターは率直だ。

チームを躍進させた三日月譲監督は一昨年の躍進後に多くの戦力を引き抜かれ、続く昨シーズンは7位に大きく順位を下げてしまった。しかし残留争いに巻き込まれることなく、抜かれた戦力の穴を埋められる若手を育てて、次のシーズンである今季に期待を持たせた。

ところが三日月はどういう訳か、「クリスタルの城を目指している」という謎の書き置きを残し、突如辞任してチームを去ってしまった。事務的な手続きは自分で済ませて姿をくらまし、その行方はようとして知れない。

クラブスタッフにはクリスタルの城のありかなど分かるはずもなく、途中で後を追うことを諦めた。そしてクラブがようやく次期監督として契約にこぎつけたのが、カナダ人のトニー・バート監督。カナダと米国とメキシコの三国でのタイトル獲得など華々しい経歴を持つ監督の就任に、サポーターも関係者も胸をなで下ろし、「よくやったフロント」と賞賛の声を出していた。クリスタルの城のありかなど、どうでもよくなっていた。

だが継続してきたチーム作りの方向性とバート新監督のやり方が合わない。良いか悪いか以前に合わず、歩み寄りを続けているうちに黒星が重なり、バート監督は3カ月も持たずに辞任。この時の黒星や大量失点の〝負債〟が、今につながっている。

「あれ、よっしー先輩じゃないですかあ?」

チーム状況を整理しようとした美香の頭に、聞き慣れたハイトーンの声が響いてきた。声をかけてきたのは、杜都テレビのニュース番組でスポーツキャスターを務める篠玲美だった。

忘れようにも忘れられない、高めの声。忘れるも何も、昨日聞いたばかりだった。

石橋美香にとって玲美は、同番組のキャスターとしては後輩にあたる。情熱と人なつっこさが武器だが、そこに事務処理能力がまだついてきていない2年目。注意されるのが仕事のようなものだが、放送を重ねるごとに視聴者人気という報酬が増額されているようだ。

「あー、〝しのれみ〟だ！」

子供の声が起こる。美香が先程話を聞いたときには「なにこのおばさん」という感じの表情で素っ気ないコメントしかしなかった子が、〝しのれみ〟こと篠玲美を見つけた途端に駆け寄ってきた。

「今日のキマイラス、どうなってほしい？」

「絶対残留！　やってやる！　頑張って！」

え、何その変わりよう、と心の中でツッコミを入れた反面、今や彼女の方が番組のスポーツコーナーの顔になっていることを思い知る。自身の担当時のスポーツコーナーが〝よっしータイム〟と呼ばれていたのはもう2年前。今は石橋キャスターとか、石橋記者とか、石橋D（ディレクター）とか、そんな呼ばれようだ。

「よっしー先輩、うちの取材名簿に今日名前がなかったから、来ないのかと思ってました。でも会えて良かったですー」

今ではよっしーと呼んでくれるのは、玲美くらい。だから本当はそういう存在に会えてホッとすべきなのかもしれないが、彼女が小さなサポーターの心を自分以上に開いたことに対して条件反射的に嫉妬心が起こってしまった。

「ちょ、ちょっと事情があって。ジジョウ、ジジョウ」

「？」

玲美は小首をかしげてもそれ以上は突っこまなかった。先輩に配慮するほど優しいのか、それとも裏方に回った先輩の事情なんぞどうでもいいのか——。

美香はついそういう邪推混じりの視線を、彼女に向けてしまう。自分がバックヤードに移ったのは記者志向だからだと今も信じているのだが、この玲美はどういうわけか自分より相手の素の表情を引き出し、スクープを引き当てているように見える。偶然なのか、あるいは計算ずくなのか。美香は、後者ではないかという邪推を胸に飼っているが、そんな自分をどこか嫌っていた。

ごちゃごちゃ考えている場合じゃない、自分は自分のやり方で聞き出すんだ。そう自分に言い聞かせて美香は別の幼い姉妹にマイクを向けたが、あまりに鬼気迫る表情だったせいか姉は怯み、妹は涙ぐみ、付き添う母はおろおろするばかりだった。

埒があかないので、美香はちょっと謝って、派手なグッズを身につけた別の中年男性を捕捉し、この人なら選手の去就についても話してくれるだろうと突進した。

しかしその行く手は、ホイッスルの音とともに謎の巨体に阻まれた。

「ここから先はバスの通路ですので、ラインより先への立ち入りはご遠慮くださーい！」

警備員・渡辺笛人の警告が響く。チームバスを待つサポーターの喧噪の中にあっても響く声の持ち主は、下手な選手よりも恵まれた体躯を誇る。杜都のホームゲーム開催日に警備の最前線に立ち続け早十年、サポーター同士の衝突を止めること数知れず。年季の入った武闘派のサポーターから「熊殺し」と呼ばれる存在である。

美香は足下を見る。たしかにつま先がいつの間にか引かれた白線をオーバーしており、渡辺の放つオーラに押されるように後ずさった。そして美香の背後から、また別のサポーターの声がする。

「箭内選手、辞めないで！」

「大義、来年もキマイラスを引っ張ってくれ！」

「えええっそれあたしが聞きたかった言葉！」

思わず続けてしまった美香の本音。二人のサポーターの悲痛な叫びこそ、美香がスクープしたいベテラン・箭内大義の現役引退か否かに関わるコメントだった。しかも彼らにマイクを向けて言葉を引き出したのは……玲美だった。

「ありがとうございましたあ」

ちょっと間延びした甘めの声がまた、美香の焦りを加速させる。すみませんもう一回同じコメントをお願いできますかあああ、と言おうとする前にまた駆けだしていた。

「だからここから先はご遠慮くださーい！　もうバスが入りまーす」

そしてその先にまた立ち上がる渡辺の壁。彼の守備力はここまで33試合で59失点（リーグワースト2位）のキマイラスより遙かに高い。

渡辺のテノールボイスの通り、チームバスがスタジアム入口に姿を現した。

「下がってください！下がってー！」

チームバスがスタジアム入口に見えるとともに、渡辺警備員の声はボリュームが上がる。そしてそれに負けじと、スタジアム入口から関係者用玄関に到る道を埋めたサポーターの声もまた、音量を上げた。

「ハイ皆さん、最高の出迎えをするのだー！」

巨漢のコールリーダーの号令に続いて

「杜都キマイラス！　杜都キマイラス！」

という一大コールが場の空気を揺るがした。

負けられない今季最後のゲームに臨むホームチームを、サポーターは花道を作り、チームカラーの濃緑色と山吹色の大旗を振り、そして盛大なコールで出迎えた。

1部リーグに、生き残るために。

その様子を記録に残すため、多くのメディアもカメラを構えていた。さっきまでサポーターの話を聞いていた篠玲美のテレビクルーも、素早くバスを出迎えるサポーター集団の風景にカメラを向け、玲美が要領よく立ちレポを始めた。

「ご覧ください！　試合2時間前からもう、高まってまーす！」

バスが関係者口に近づくまでを、テレビカメラやスチールカメラが入り交じる中で、原睦月も一眼レフの連写でおさめていた。……が、突如画面が暗くなった。

「何すんだお前、撮影の邪魔だ！」

睦月のレンズの前に、石橋美香が乱入していた。手持ちのハンディカメラで何やらバスの窓を写しており、周囲の状況に気がつかない。睦月の声には反応したようで、

「ごめーん、箭内の表情を撮らないと！　スタジアム入りの時点で表情が変に硬いし、

あれが現役最後の試合ならではの表情になるかもって」

全然ポジションも態度もあらためる気がないようだ。それを押しのけるように睦月は撮影のポジションを取り、また言い合いになる。そして、

「うるせえ静かにしろぃ」

と、巻き添えを食らったカメラのゲンさんに怒鳴られる。

そうこうしているうちにバスは関係者口に着き、動きを止めた。美香は自分の撮った映像が、ぶれるわピンぼけだわで表情も何もおさまっていないことに気付かないまま、バスの降り口に駆け寄った。

美香ら報道陣が待ち受けるスタジアム玄関に、杜都キマイラスのチームバスが止まる。その向こうから、出迎えたサポーターの応援歌が聞こえてくる。

「どいてどいてどいて！　インタビューは……え、箭内じゃないの！？」

チームのメンバーがバスから降りるときには、試合の中継局用に〝アライバルインタビュー〟の場が設けられる。普段は両チームの監督のみが一言二言コメントするのだが、最終節、しかも両チームにとって大事な一戦のため、選手代表も一人ずつマイクの前に立つことになっていた。

その情報を事前に知っていた美香は、現役続行か否かが注目される箭内が出てくるものと思い込み、インタビューが終わった隙を見計らっての突撃取材を狙っていた。選手が臨時のアライバルインタビューをする情報はつかんでいても、試合前に中継局以外が選手や監督を取材してはいけない、というリーグの取材ルールについてはすっかり忘れていた。

しかし美香の思惑は裏切られ、インタビュアーである中継局リポーター立石明日菜の質問を受けるのは、キマイラスキャプテンのGK、夏目優作だった。

実はシーズン終了後の日本代表の活動に杜都の選手が招集されるかもしれないという噂もあり、その選手がアライバルインタビューに呼ばれる可能性があった。美香は少し期待していたが、このベテランの夏目はおそらく対象外だろうと落胆した。

「相手どうこうは関係ない。自分たちは、今このスタジアム入りのときから声援を送ってくれるサポーターのために、チーム一丸となって何が何でも勝って残留を決めないと！それが1年間苦しいときも応援し続けてくれたみんなへの恩返ひっ」

夏目はピッチ上では冷静な判断力が光り、統率力もあり、2年前から主将を務める。しかし公の場でモノを言うときには決まって舌がもつれる。

アナウンサー経験のある美香にとっては、不器用なスピーチを聞いているだけでももどかしい。ああこんな噛んでる奴じゃなくて箭内を出してよ、と口にする前に、バスから箭内が降りてくる姿が見え、既に足が動いていた。

と思ったら、後ろからビブスの襟首をつかまれ、仰向けにひっくり返った。

「何やってるんだお前は。ルールを破ることより守ることを覚えろ。試合と無関係なスクープより試合そのものの報道を覚えろ」

犯人は、手を差し伸べることもなく説教する睦月だった。

「だいたいスポーツ報道は今の思いつきより普段からの積み重ねが……、あっこら待て」

こんな時まで説教してくるフリーライターをはねのけたはいいものの、その間に箭内はすでにロッカールームへと入ってしまった。

一瞬睦月を睨み付けた美香は、すぐインタビューボードの方に向き直って、また駆け出す。リポーター立石明日菜の質問には、今度は杜都キマイラスを現在率いる足柄実監督が答えていた。

「いやあもうこうなったらやるしかないでしょ。こっちが勝ってあっちが負けて、ラストの試合でコントラストが描ければ」

明日菜も、カメラマンも、音声の人も、周りの人たちも、ラストとコントラストをか

けた駄洒落にどう反応すればいいのかと呆然としているうちに、

「では勝って、もやもやを晴ラスト」

と言い残し、足柄監督はその場を去ろうとした。

バート前監督の解任に伴い、春に指揮官となった足柄監督は、それまで３人の前任者のもとでコーチを務めていた。監督と選手との間で板挟みになっていた立場だが、駄洒落を発することも苦にしない楽天的な性格でそのポジションも苦にしなかった。監督になっても、プレッシャーを感じさせずに、「可もなく、不可もなく」の采配で、壊滅状態だったチームを、五分の星よりちょっと悪いくらいの成績まで持ち上げて、この最終節まで残留ラインの辛うじて上に踏みとどまらせていた。

美香は普段の囲み会見で駄洒落に愛想笑いをするタイミングをつかんでいたこともあり、関係は良いと自負している。従って今度はインタビューを終えた監督に突撃し、監督の去就と、コーチ時代から面倒を見てきた箭内の去就を一気に聞き出そうという腹だった。

「待って監督、待って待って待って！」

その時、目の前に突如大きなモフモフした壁が表れ、美香は吹っ飛ばされた。

杜都キマイラスのマスコットであるキュー衛門、通称〝キューちゃん〟。気まぐれな性格で知られるこのマスコットは、試合日は神出鬼没、報道陣に紛れて選手インタビューの画面に割り込むことも珍しくない。

「あれ、よっしー先輩、何してるんですかあ？」

サポーター取材を終えた篠玲美の声が、倒れた美香の頭上から聞こえてきた。

＊

キュー衛門は公募により決まった、杜都のマスコットである。

この街にプロフットボールクラブができるときに、マスコットのデザインとネーミングも公募された。選考の最終候補に残ったのが三体で、

「市の中心部にある神社の龍神伝説から、〝龍〟」

「市の森に生息する〝鷹〟」

「市の伝統芸能にして無形文化財の黒獅子舞から、〝獅子〟」

それぞれ町の歴史にちなんだ動物をモチーフにしていたが、票が割れてしまった。関係者が頭を悩ませる中、当時選考委員会長だった大口スポンサーの

「いっそのこと、まとめてしまえばいいんじゃない？」

の一言でモチーフがまとまった。

そもそも杜都市に住む様々な立場の人々の思いが融合してできたサッカーチーム、というものをどういう解釈をしたのかギリシャ神話の合成獣キマイラになぞらえたチーム名の案が通ってしまったこともあり（※他のチーム名候補は、商標の都合上すべて落選）、マスコットもキマイラになってしまったのである。

キュー衛門という和洋折衷の名を得たこのマスコットは、鵺（ぬえ）の如き三位一体の風体と愛らしさを両立させるという造型師の仕事によって、意外とSNS映えするかたちに仕上がった。しかも中の人……いや、本人は、三位一体のキャラクターの性格付けに迷った結果、やりたい放題の奔放キャラとなった。杜都サポーターのみならず、スタジアムに乗りこんだアウェイサポーターにも手当たり次第にスキンシップを要求するキュー衛門は、これがまた、意外に受けてしまった。チームの成績が低迷していても、マスコット人気が高く、グッズ収入が貧乏クラブの財政を支えているという噂も根強い。

さてそのキューちゃんが美香を吹っ飛ばしてからほどなく、その陰から二人組が現れ、混雑した関係者口からスタジアム内に抜け出していった。

「うまくいったね、兄貴」

「バカ、お前はまだしゃべるな」

普段であれば関係者口は最も警備が厳しい場所であり、警備員も複数立っており、関係者受付のチェックもある。しかし、最終節で人がごった返す異様な雰囲気の中、彼らはその人々とマスコットに紛れ、この入口を突破したらしい。

「ここまで来れば大丈夫だな、おい聞いてるか」

「大丈夫だ兄貴、確かめてるだけさ」

「おい、俺ら運営スタッフのふりしてるんだから、そんな初心者みたいに本を広げるな」

「兄貴、実際俺ら初心者じゃないかい」

二人組の片割れ、子分と思われる方は、何やら小さな本を開いてパラパラとめくっていたようだった。それはポケットサイズのNリーグ選手名鑑で、お目当ての選手を探しているが、その所属チームをなかなかめくれないのが初心者くさい。

「おい、チーム名は阿知美セイバーファングス。名前は……」

「倉持丈でしょ。それくらいわかってるってば。サッカーは知らなくても倉持ならわからあ。昨日もラーメンのＣＭで見たし」

阿知美セイバーファングスの中心選手、倉持丈。日本代表の常連であり、阿知美で数々のタイトルを手にして海外に渡ったＭＦだ。しかしイタリアの或る名門クラブへの移籍が決まったと思ったら、登録期限ぎりぎりにオーナーの機嫌を損ねたらしく、解雇となってしまった。仕方なく、これまた日本の登録期限ぎりぎりに阿知美に戻り、空いていた背番号50を背負うことに。阿知美サポーターにも、日本代表しか見ない層にも、サッカーを知らなくてもとりあえず騒ぐミーハーにも人気で、しかも珍しい背番号とあって彼のユニフォームは飛ぶように売れた。

この二人もまた、サッカーにはそれほど詳しくないが〝倉持〟を目当てにやってきた。以前、あるイベント会社に潜り込んだときに、その会社が倉持が所属するチームと杜都との試合に関与することを知り、パスを偽装して潜入したのだった。

目的は当然、本物のユニフォームである。

「Ｎリーガーは予備も含め何着も持ってきているから、一枚くらいなくなってもわからないだろ」

「予備がそんなにあるんならプレミア感薄れないかい兄貴」

「バカ、これが最後になるかもしれないんだろ」

兄貴の拳が飛んできた。実際、23歳の倉持はこの試合でリーグ戦優勝に貢献し、タイトルを置き土産にまた名門クラブへ移籍すると噂されている。東京から来た報道陣は、それも目当てにして集まっているのだ。

二人組がそんな掛け合いをしているとき、当の倉持本人は、まさに会場入りするところだった。

＊

「へっくしょ！」

デルタスタジアム杜都の関係者口に近づいた阿知美セイバーファングスのバス内で、クールな外観の倉持丈が子犬のようなくしゃみをした。

「ジョーさん珍しいですね。しかもかわいい」

いじったチームメイトを、倉持が睨み付ける。

「すっすみません」

冗談の言えないような、ピリッとした雰囲気が漂っていた。これまで数々のタイトルを手にしてきた名門・阿知美セイバーファングス。華麗なスタイルなど無縁、追い求めるのは結果。勝利のためなら泥臭く、どんな相手にも手を抜かない強豪中の強豪。今季のチームスローガンは『容赦なし』である。

　スタジアムに入る時には、窒息しそうなくらい気を引き締める。それが強者の歴史において醸成されていた空気だった。バスに乗り込むときには笑顔もあった選手やチームスタッフも、試合2時間前にはもう戦士の顔になる……はずが、顔色の悪い者が一人いた。

「あれ、どうしたシバ、プレッシャーか」

微妙に震えているような、身を縮めているような。シバと呼ばれた斯波俊秀は、

「いや、あの、その、こういう場に慣れてなくて」

と、しどろもどろに答えるのが精一杯だった。

　彼を悩ませているのは、優勝のプレッシャーではない。

「何だお前、まだここにびびってるのか？」

チームメイトの軽口を、いなせない。

　大卒4年目の斯波は、昨季まで杜都に所属していた。大学卒業時にはどこからも声が

かからず、唯一練習参加させてくれた杜都でプロ生活をスタート。最初の2年間はベンチスタートが多く、けがでの戦線離脱も多かったが、昨季に大きく飛躍。だが今季から阿知美に引き抜かれる格好で移籍し、少なからずサポーターに「裏切り者」とネットで書かれていたことは彼の耳に届いている。阿知美ホームでの〝古巣戦〟は、体調不良で欠場した。そしてかつてのホームで迎えるこの試合は、この上なくピリピリした状況のスタジアムに乗り込む。タイトルどころではない。どんな〝歓迎〟が待ち受けているのか、想像しただけで血の気が引く。そんな彼を見て、声を響かせる者がいる。

「点が足りねえええええ」

荒っぽい声はポルトガル語によるものだったが、意味がわからなくても苛立っていることは伝わってくる。特に、斯波のようなナーバスになっている者には。

「今のは、『点が足りねえええええ』と言っている」

阿知美の江橋直人通訳が、律儀に荒げた声とシートを叩く動作を真似しながら訳す。そして選手登録名トゥバロンというブラジル人FWは畳みかける。

「古巣戦とか個人の話は関係ない！　タイトルのために勝つ、それだけだ！　そのために俺はここで点を取って得点王を手にしてその先に…！」

最後は思い切り個人の話になってしまっているが、江橋通訳は律儀に熱量そのままに訳した。

「会場に入るまでもう訳さなくていいから、江橋さん。余計なプレッシャーがかかるから」

冷めた声で倉持が制止した。だが彼も、トゥバロンの気持ちはわからないでもない。今季ここまで得点ランキングトップをひた走る点取り屋は、今季ほとんどの対戦相手からゴールを決めてきた。

杜都を除いて。

リーグ前半戦で杜都と対戦したとき、トゥバロンは出場停止だった。本人は得点王間違いなしの状況まで来ているのに、これが気に入らない。彼は全チームからのゴールコレクションをそろえない限り、満足しないらしい。

「いいから試合に集中を」

と、別の選手がバス内を鎮めようとしたところ、また江橋通訳の声が上がった。

「その通りだ！　今我々が向かっているのはセイバーファングスの連覇につながる道、そこに向かう者は後ろを振り返るでもなく脇見をすることもなく、ただ勝利の方向に向かうものであり、そこに相手の事情など関係ない。ナーバスになって出足が遅れるのは敵の方であり云々」

就任初年度の昨季にNリーグを制覇するなど数々のタイトル獲得歴を誇るブラジル人のゲラエストラ監督が熱弁を振るいだした。それをまた江橋通訳が律儀に派手な動作付きで訳す。

「いや江橋さん、訳さなくていいから、着いてからのミーティングでいいから」

「まったく、私がブラジルの州選手権でカップを獲得したときは…」

「監督、着きました」

スタジアム入口には報道陣が数多く待っていた。血走った目の者も少なくなかった。

＊

阿知美セイバーファングス側のアライバルインタビューは、並み居る報道陣の無言の圧力も加わり、倉持が阿知美広報の説得の末に引っ張り出された。もともとインタビューが得意でない彼は、移籍関連の話題を出されるのを特に嫌がる。インタビュアーの立石明日菜は、極力試合に関わることを簡潔な受け答えのもと聞きだしたが、自身の興味を抑えきれず、無言の圧力にも押し出される格好で質問を続けた。

「勝利とタイトルを置き土産に、思い描いていることはありますか？」

「考えていません。目の前の試合に集中するだけです」

実に素っ気ないが、今からの試合を考えれば当然の答え。立石は周囲が欲しがる答えではないだろうなと思いつつ、選手の気持ちを考えればこれでいいのだと思った。

しかし移籍ネタを優先する者にとっては、そうでもなかった。

インタビューを切り上げそそくさとロッカールームに向かおうとする倉持に、周囲より一段階上のレベルで血走った目の美香が突っこもうとした。

「今後の話についてもっと詳しくううう」

ビブスの端っこをつかまれて、転びそうになる。制止したのは警備員ではなく原睦月だった。

「お前はスクープさえ取れればどっちのチームでもいいのか」

「あんたはキマイラスにくっついていれば何年でもやっていられるんでしょ、でもこっちは今日しかチャンスがないの！」

だから彼女は書きかけの辞表を社内デスクに置きっぱなしで飛び出し、会社ではなくフリーの取材パスで強引に申請した。その立場で大仕事をして、先に進むために。

「今の自分にとって最高のプレーをして、これからにつなげるため……」

「そんな美辞麗句はどうでもいい。だいたいキックオフ2時間前からは中継関係者以外、原則チームと接触禁止だ、ってこら、聞け」

阿知美ロッカールームに美香が体を向けたのを、睦月は見逃さなかった。このままだと立ち入り禁止区域に突撃しかねない。

「まーたやりあってるのかあの二人は」

呆れた節田が、誰にともなくぼやく。

「あれミーさん、どうしたの？」

ふと脇を見た節田は、杜都のボランティアを務めて15年、この日受付補助に回ったミーさんこと三田淑江の表情に気付く。

「いやあのね、あんな方、今までイベント会社にいたかなと思って」

「ミーさんよく覚えてるもんね。でも出入りの多い会社だと思うし、バイトかもしれないし、受付でパス通ってたらいいんじゃない？」

「バイトの割には人生経験有りそうだし、あたしが席を外してたときに受付したのかな。怪しい人じゃないといいけどねえ」

三田の視線の先には、例の二人組がいたが、何を話しているかは彼女にまでは聞こえない。三田は耳をすませようとしたが、後ろから、

「スミマセーン」

と、ネイティブではなさそうな発音の日本語で声をかけられた。

＊

三田の注意が逸れた一方、例の二人組は選手バス入り口近くまで戻ってきていた。

「おい、阿知美の選手は今から入るとこじゃねえかよ」

「先走って杜都の入場のときに忍び込んだのは兄貴の方じゃないかよ」

「口答えすんなよ。だいたい、しょぼい杜都の選手のユニ盗んだって高値にならねえよ」

「兄貴！今すっ飛んでいったの、そのクラモチって選手じゃないか。この本の顔」

確かに選手名鑑の顔写真に一致する。そこには気乗りしないインタビューを終え、記者の追撃をかわすべく、そそくさとロッカールームに向かう倉持の姿があった。

「早く言え！　あれに着いていくぞ」

そういった直後に、兄貴は走り来る何者かに吹っ飛ばされた。

「倉持選手ううう」

言うまでもなく美香が執念で追いかけてきて、〝障害物〟を薙ぎ倒したのである。だが首根っこを、今度は受付担当の米倉牧子につかまれて止まった。

「石橋さん、そこは立ち入り禁止です。あと、ビブスは撮影する人用と説明しましたよね？選手入場口からコンコースまでは撮影禁止エリアですし、コメントを取るだけならペン記者用のパスに交換してから通行してください」

憮然とした表情の牧子が、受付業務に戻ってくると、ボランティアの三田とともに穴を埋めていた節田が、ほっとした表情を見せた。

「あれ牧ちゃん、どこ行ってたの」

「石橋さんのいつもの暴走です。あの人、ペン取材用のパスと撮影用のビブスは同時に持てないから、交換しないと駄目だと何度説明しても覚えてくれません。というわけで替えさせました。あと、気易く牧ちゃんとか呼ばないように」

「戻ってきたばかりですまないけどさ、ちょっとこの人のお世話をお願い」

と、節田は長身の欧州系男性記者を牧子に押しつけ、どこかに行ってしまった。

「初めて来られた方で、私もどうご案内したらいいか…」

と三田が恐縮すると、その欧米系記者は流暢な日本語を繰り出した。

「すみません。お初にお目にかかります。私はリヒテンシュタインから来ましたミヒャエル・シュトラッサーと言いまして、いろいろ教えていただきたく……あれ、すみません、連れがどこかに」

ミヒャエルが目線を変えた先には、やはり長身の女性記者が、何やら日本人女性に捕まっていた。

「もしかして代理人？　であれば今日のどっちかのチームにもう移籍が決まった選手がいるんでしょ。教えてテールミー」

何故最後だけ英語にしたのかはわからないが、畳みかける美香の言葉は九分九厘その女性には通じていない。何故ならば彼女は代理人ではなく記者であり、日本語も話せないからである。端正な顔を困惑した表情にしたままの彼女に、助け船がきた。

「ヘンリエッタ、こっちだ！」

ヘンリエッタと呼ばれた女性は受付の方に足を運び、一方、彼女を代理人呼ばわりした美香は睦月に首根っこをつかまれて説教を食らう。

「だーかーら、まったく誰でもいいのかお前は。だいたい、普段見ない外国籍の人がうろついていたらみんな代理人か、移籍ネタに手足生やしたモノと思っているのか？」

畳みかける睦月。しかしその途中、

「ああ睦さん、いいところにいた、ちょっと」

の声で、別の場所に引き出され、美香を監視下から離さざるを得なくなった。

＊

「すみません、なんか騒がしくして」

中継の打ち合わせをしていたスタッフに助言を求められ、睦月は苦笑いしつつそちらに向かった。

「いやいや、なんか捕物帖に巻き込まれてるんでしょ？　杜テレの石橋君が今日はフリーでやりたい放題やろうとしているんだって？」

この試合の実況を担当する七尾理アナウンサーにも、かつてライバル局でしのぎを削った仲でもある美香の情報は、少し変わった形で伝わっていた。

「アハハ…ま、まあ、気にせずどうぞ…」

「リポーターの方はまだかな」

解説を担当する元日本代表選手の松島英治が気にする。

「なんだかアウェイチームの監督さんのアライバルインタビューで、話が止まらなくなっているみたいだね。それで、両チームの情報がまだ不足していて、教えてほしくて。松島さん、両チーム情報は取材力がウリの睦さん、いや、原君がいれば大丈夫だよ」

「恐縮です」

この大一番は地上波とウェブ中継で同じ素材が使われることになった。その実況の大役を担うのが、マイクの前に立てば冷静、時に淡泊ともいわれる七尾アナ。この道23年のベテランで、アナウンサー人生のうち20年をキマイラスとともにしている。

その七尾は、睦月に信頼を置く。

「松島さんは初対面かな。この人、杜都の番記者をやってもう十年以上。新聞とか専門誌の『サッカーホリデー』とかで書いているくらいすごい人なんだよ」

「いやあ……」

照れつつ睦月が両チームの現況を説明する（14頁の順位表参照）。現在勝点39で14位の杜都は、降格圏最上位15位の新田奈が勝点37でつけているため、まだ残留が決まっていない。新田奈は勝点40で13位の冷張佐と最終節に直接対決。彼らにとってアウェイとはいえ、順位は近く、引き分けどころか勝つ可能性も少なくない。一方、杜都がホームで迎えるのは、過去5回の対戦はすべて負けている前年王者・阿知美。最終節の結果次第では杜都が15位に回る展開も十分考えられるわけだ。

「出場停止の郷田に代わり、先発は和久井を予想していましたが、その通り先発です」

杜都の主力センターバックの郷田は激しい対人守備が武器だが、前節はそれが災いして一発退場、この最終節は出場停止と、リーグ3位の得点力を誇る阿知美との決戦を前に杜都は追い詰められている。

そんな説明をしながら、睦月は別のことも気にしていた。

睦月が気がかりだったのは、先程美香を説教中にこの打ち合わせに呼ばれたため、また枷の外れた彼女が辺り構わず、突撃取材をすること……だったはずが、すごすごと、記者控え室におとなしく引き上げていったことだった。素直に観念してくれたのならこれほど嬉しいことはないはずなのに、睦月は心にどこかひっかかりを覚えていた。

「どうした睦さん」

「いえ、なんでもありません。また、杜都はこの大一番で前節不調だった右サイドバックに、今節は生え抜きの若手・井田を抜擢して……システムもこのメンバー表からは二通り考えられて、読みにくいですね」

最終節の大一番なので、睦月が説明する分量も多い。相手チームの担当の説明も入り、いつもより情報交換の時間はかかる。その間も阿知美のゲラエストラ監督のインタビューは続き、どうやらようやく打ち切られそうだ。ネットでは先発メンバー表の情報が出て、記者陣も、スタジアムに入ってきたサポーターたちも、ザワザワし始めた。スタジアム各所で人々が動いていた。

その中で美香は、ポツンと記者控え室の机で黄昏れていた。

いつもよりずっと取材陣が多く、ホーム杜都側も地元紙やテレビ局の記者が勢揃いといった感じだが、全国的にずっと注目されているアウェイ阿知美側の記者は、もっと多かった。どちらの番記者でもなく、中央のメディアから来ている者も多く、野次馬的な記者もちらほら。その喧噪の中で、美香は先程までのエネルギーが嘘のように、パーティションで周囲との空気を隔てている。あてがわれた所属社の机は彼女にはなく、フリーランスのプレスパスで入った以上は数少ないフリーの席を取るしかなかったのだが、それはいち早く会場入りしていたので確保することはできた。しかし、安堵はしていない。

「去年の最終節は、こんなじゃなかった」

1年前だったら、先発メンバー表が配られる時間には誰に注目するのか、できればチームの年間MVPに選ばれる選手と一致していたらいいな、などと考えていた頃だった。そして、カメラマンらクルーと一緒に、喧嘩もしながら打ち合わせをしているところだった。

それが今は、一人でスクープのために頭を振り絞っている。

昨季は最終節を待たずに一部残留を決め、杜都は割と余裕を持って最終節の試合を迎えていた。しかし気の抜けたような試合をして、4年ぶりのホーム最終戦勝利を逃した。まったくもって情けないと言えば情けない試合だったが、タイムアップ後に行われたホーム最終戦セレモニーでは、選手代表スピーチを買って出た夏目主将が良いことを言ったと思ったら例によって締めくくりの部分で噛んでしまったこともあり、最後は和やかな雰囲気で終わった。サポーターは温かい拍手でチームを労い、次の年の飛躍を期待した。

それから前監督の電撃辞任があり、大慌ての新監督就任があり、何だか混乱したままに新しい年を迎え、監督が交代し、N1に残留できるか否か、ぎりぎりの状態でこの最終節を迎える。去年よりもスリリングな最終節は、伝えがいのある試合のはず。

「練習場でピリピリした中、アピールしていたあの選手は活躍してくれるかな、こんな勝ち目のないような相手に、もしかしてジャイアントキリングをやってのける選手がいるかな、それが若手の時からずっと追ってきたあの箭内かな……」

頭の中でぼんやり考えていたことを途中から口にしていたことに気付き、我に返る。美香は杜都テレビの一員としてそれを視聴者に伝えるのではなく、フリーとしてこれから飛躍するために、ネタをつかむためにここにやって来たのだ、と自身に言い聞かせた。

「だって、クルーと今、準備しているのは……」

あの篠玲美だった。選手や監督はおろか、さっきのようにサポーター受けも良いし、器量も良し。美香が2年前の3月にローカル情報番組を〝卒業〟した後に、キャスターを引き継いだ玲美は、〝しのれみ〟の愛称のもと、瞬く間にスポーツコーナーの顔となった。

その前に〝よっしー〟の名で親しまれていた美香は、記者として取材は続けている。そこまでは以前と変わらないのに、スタジオに立たなくなっただけで、視聴者には忘れられたのではないかという恐れがある。〝よっしーロス〟など、なかったかのように。でも、ずっとスポーツ畑でやってきて、密着取材だの突撃取材だので鳴らした自分にとって、今の記者契約のほかに居場所が有ったかといえば疑問だ。事実、現場でも〝突撃取材の石橋〟と恐れられている。だから、一定の地位はある。でも、その先が見えないでいた。ガラになく美香が物憂げに記者控え室の窓から外を見れば、そこを選手が横切っているところだった。

「箭内！」

思わず声が出た。立ち上がった。駆けだした。

美香らのいる記者控え室は、一方は受付のある側に出入り口があり、反対側は試合が行われるピッチに出入りできる。その控え室とピッチとの間に設けられた通路はメディア関係者も運営スタッフも行き来するが、ホームとアウェイ、それぞれのチームが利用するロッカールームをつなぐ通路でもある。

試合前のチームミーティングが始まる前には、それぞれの選手が互いのロッカールームに入らない範囲でならば、挨拶に行くケースもある。この場合は、杜都の数選手が阿知美の選手に一声かけに行ったところだろう。特に、昨年まで杜都に所属していた斯波俊秀は、杜都では〝いじられ役〟とでもいおうか、かわいがられていた選手だった。今では優勝候補筆頭チームのレギュラーとなった元同僚に、「お手柔らかに」とまではいかないまでも軽口の一つでもくれてやろう、そんな気持ちで数選手が歩いていたわけだが……。

美香の嗅覚は健在だった。阿知美側には突撃できなかった彼女が、杜都側で取りたいスクープは以下の３つ。
（１）足柄監督の来季去就。
（２）生え抜きのベテラン・箭内大義の去就。
（３）杜都に噂されている、日本代表初招集の選手は誰か。
その（２）と（３）が目の前を歩いている！　美香はその選手をとっ捕まえ、吐かせる覚悟だった。

勢いよく立ち上がり、ダッシュをした彼女の気迫に、思わず注目した報道陣は一人や二人ではない。この日、崖っぷちのキマイラスを見届けるべく、杜都側もそれなりにメディアの数が揃っていた。現場の最前線を退いていた記者もかり出されていた。

「あ、『夕暮れ杜都』のキャスターをやってた石橋か。まだやってたんだ」

「ミカちゃん久しぶり。お元気！」

「あ、よっしー！　俺とデートの約束覚えてる？」

美香はそのすべてを振り切るか吹っ飛ばすかした。そして、選手に追いつく前に捕まった。

　またしても美香を止めたのは睦月だった。

「まったくお前は…。何度言えばわかるんだ。だいたい、試合開始前に選手や監督に取材をするのは中継局のアライバルインタビューだけ」

「しつっこいなあ、わかってるってば」

　睦月には「お前」と呼ばれたが、実際には32歳の美香の方が年上であるが、わざわざ口に出したくもなかった。

「この説明も何度目だ。絶対説明書読まないで家電動かして故障させるタイプだろ！　それが分かっていて、止められるのは俺だけだ。さっきから何人がお前を止めようとして振りきられたと思っているんだ」

「あーなんか久々に見た顔とかあったっけ。ていうかさっきミカとか呼ばれたんだけど、あたしは〝ヨシカ〟だってば」

「いや、それは俺には関係ないし。〝よっしー〟で覚えられていたんだから〝ヨシカ〟だろ」

「へえ、覚えていてくれたんだ？　いつも『お前』だの『石橋』なのに」

「……」

　なぜか視線を逸らし、睦月が隙を作ったのを美香は見逃さなかった。反撃する。だって、先程あれだけ声をかけられたということは、自分がまだ忘れられていないということでもあるから。

「あたし、まだモテるんだなとも思ったよ。だからここで選手に話を訊くに相応しい人間だと……」

「でも、社のパスはもらえなかったんだろ？」

睦月の言葉が急に矢のように飛んできて胸に突き刺さる。

「……」

「杜都テレビじゃなくてフリーランスのパスで入った人間が問題を起こしたら、同じフリーランスの人間がとばっちりを食らうんだよ！　キマイラスの広報はわかっていても、今日の大一番で来ているリーグの広報さんはお前がもともとフリーだと誤解するだろう」

反撃の口実を思いついたせいか、睦月は気が大きくなっていた。

「代表監督やスタッフも来ているんだ。余計なことをするな」

ふと出た睦月の言葉は、美香を再びダッシュさせる、余計な一言だった。

日本代表スタッフが、視察に訪れている……！

この優勝が決まる大一番で、当たり前と言えば当たり前だった。だが「もしかしたら杜都から代表選手が選ばれるかもしれない」という噂を数日前に嗅ぎつけていた美香にとっては、その裏を取る大チャンスだった。

「何で今まで気付かなかったんだろう？」

と自問自答したが、引退が噂される箭内大義や去就が決まっていない足柄実監督の方に完全に気を取られていた。むしろ、代表ネタの方がローカルメディアより全国メディアに名前を売れるチャンスじゃないか。

というのは、走りながら考えていた。

それをまた血相を変えて睦月が追いかけている様を、遠巻きに見ていた選手がいた。

先程まで追いかけられそうになっていた箭内たちである。

「俺たちの方には来ないみたいだな」

「ですね。今のうちに戻りましょう」

美香らがドタバタしているうちに、杜都の彼らは阿知美の控え室に挨拶に行って、これから自分たちのロッカールームに引き上げて〝友好モード〟から〝戦闘モード〟に切り替えるところだった。キックオフまで2時間を切ったところ、昨日の友が、今日の敵に変わる時間帯である。

「それにしてもヤナさんも大変ですね。こんな大事な試合で、自分のことで追いかけられそうになっているんだから」

話しかけたのは、杜都生え抜きMFの西嶋俊太。若き日の箭内の背中に憧れ、ユースから昇格した若手のホープである。

「まあ、慣れているといえば慣れているからな。最近は毎年のように、最終節は『引退？』と訊かれるよ」

杜都テレビの石橋美香が、練習取材の時点から箭内の引退をしゃべらせようとしていたことについては、広報の節田から予め聞いていたし、自分でもその気配を感じていた。だから箭内はこの1週間、ほとんどメディアの前に出ていない。

「それよりニシ、お前は大丈夫なのか、あれ」

「はい。多分、まだ。試合に集中します。まずは戻りましょう。ミーティングの前に」

二人が少し急ぎ足になっているその時、美香を追いかけていた、睦月は足止めを食らっていた。

第2部

11：55

先発メンバー発表

＊

原睦月を引き留めたのは、同業者だった。

スポーツ紙や一般紙の記者である彼らが商売敵であるはずの睦月の足を引っ張ろうとしたのかというと、そうではない。

「原君、ちょっといい？」

「このスタメン、あり？」

「この和久井とか井田とかいう選手、どんなの？」

日々スポーツ杜都支局キマイラス担当の前田と、ＰＫスポーツ杜都支局以下略の菊池、一般紙杜都日報の岩下、以上三記者が揃って睦月に声をかけてきた。

美香なら先程のように全部吹っ飛ばしていくのだろうが、睦月は足を止める。それどころかいちいち、

「今日はフォーメーションを変えてくる可能性があって、和久井はおそらく出場停止の郷田の代役で、井田は右サイドの選手だけれども攻撃的だからサイドバックだけでなく一列前のポジションも考えなければならなくて……」

と、説明するサービス精神を発揮していた。お人好しでもあり、何より不安定なフリーという立場もあってか、他人に頼られることに対してまんざらでもなく引き受けてしまうのである。

決して、お前らは一緒に今週の練習を見ていただろう、話題の選手のコメントも俺が聞いているとき一緒に混ざっていただろう、なんで覚えていないんだよ。そもそも大一番を前になんで予習していないんだよ、と思っていても、ここで彼らには突っこまなかった。

こうしている間にもあの危険な美香がデルタスタジアム杜都を視察に訪れた日本代表監督らスタッフ一同に突撃している心配もあったが、よく考えてみたらさっきのアライバルインタビューに注目が集まっているうちに、彼らは脇で受付を済ませてVIPルームに行っているはずだった。出待ちのサポーターに対応していた、あの渡辺警備員も対応にまわるはずなので心配ないかな、とも思って睦月は足を止めた。

不勉強トリオに説明している間にも、後ろから声が聞こえていた。

「八本松さん混ざらなくていいんですか」

「いいよ、弱小杜都なんざどうでもいい。阿知美の優勝が書ければいいんだよ」

全国紙の記者の陰口にイラッとしながらも説明を終えた睦月は、すぐさままた別の人に声をかけられた。

「ああ、いたいた原ちゃん。お願いが」

三人の〝杜都番〟にレクチャーをしてちょっとご満悦、後ろで陰口をたたいていた全国紙の記者を睨み付けようとしていた睦月だったが、その彼に今度声をかけたのは、広報の節田だった。

「なんですか節さん。こっちが節さんにフォーメーションを聞きたいくらいなのに」

「いやそれは俺も知らないよ。それよりさ、原ちゃん、英語はしゃべれたよね？　ドイツ語もいける？　あれ、スペイン語だっけ？」

「いきなり何の話ですか」

「いや、このお方の世話を頼みたくてね」

睦月の脇にいつの間にか、長身の欧州系記者が立っていた。

「彼の名はミヒャエル・シュトラッサー。リヒテンシュタインから、うちのリッターの取材をしに来たんだよね」

わざわざ欧州から取材にやってきたのだと知り、睦月は驚いた。

「い、一応英語はなんとか喋れますけど…。でもなんですか、この大一番に。俺、この後レポートの準備とかしないといけないのに。だいたい英語とかドイツ語とかだったら、畫間さんいるでしょ」

畫間司という、普段はタウン情報誌に書いているフリーライターがいる。彼は語学が堪能で、たまにリーグ戦の取材に来たと思ったら、通訳を介さず勝手に外国籍選手やエージェントに話を聞いて特ダネをつかんでしまうため、他の記者には厄介な存在である。

「それが畫間さん、まだなんだ。頼むよ原ちゃん」

「原さん、ですか。私からも何卒お願い申し上げます」

「ちょっと待って、じゅうぶん日本語ができるじゃないか！」

突っこむ睦月に動じずミヒャエルが微笑む。

「いえ、アテンドしてほしいのは私ではなくこちら。不肖の助手ですが、どうぞ丁寧なご案内を」

ミヒャエルの隣の長身の美人記者が軽く頭を下げながら微笑む。

「ヘンリエッタ・ローナーです。エッティと読んでください」

英語で自己紹介した長身グラマー美女を前に、睦月は少々言葉を失った後、

「よ、喜んで」

と承諾した。

＊

報道陣がバタバタしている間に、ロッカールームには選手が集まっていた。

箭内と西嶋がホーム側のロッカールームに戻ると、選手やコーチングスタッフ、メディカルスタッフらはあらかた揃っていた。

「ヤナさんお帰りなさい」

「斯波のやつ、どうでした？　びびってくれると助かるんだけどなあ。あいつ先発でしょ？」

めいめい勝手なことを言っているが、彼らの集まるこの部屋は、空気がピリッと音を立て始めている。

「おい井田、もう緊張しているのか？」

キャプテンの夏目が、この大一番で今季リーグ戦で初めて先発に抜擢された高卒2年目、井田に声をかける。

「緊張していると言えばそうですし、そうではないとも言いたいし、なんていうか…」

明らかに緊張している。

「緊張しているなら素直に認めろ。そしてうまく付き合え」

キャプテンの頼もしい一言で井田の表情が和らいだ。こういうときの夏目は言葉が滑らかだ。インタビューでは誰より緊張するのに。

「おい和久井、お前もさっきから黙っているけど緊張しまくってるのか？」

夏目主将が次に声をかけたのは、出場停止のセンターバック・郷田の代わりに先発する和久井だった。

和久井が無言で首を横に振る。それを見て周囲から温かい笑みがこぼれた。和久井はプレーが荒削りであるためレギュラー定着には至っていないが、メンタル面では肝が据わっている。ただ、寡黙なだけなのだ。それを見越し、夏目は冗談混じりに声をかけた。

「大丈夫そうだな！　お前はむしろ、不安だとかそんなでもいいからしゃべってほしいくらい！　試合ではちゃんとコーチングしろよ」

また笑いが起こる。和久井も僅かに苦笑い。

「いいか、そろそろ締めていくぞ！　こら弥山、ＳＮＳ用の自撮りはそろそろやめておけ、こらチェ、お前はせっかく体重落としたんだから試合前につまみ食いするな」

そこに指揮官・足柄が試合運営ミーティングから戻ってきた。

「いやあみんな待たせた悪い悪い。相手の監督さん、話が長くてねえ。いいか、泣いても笑ってもこれが最終戦、ビッグゲームだ。俺たちはナントカ争いとかいろいろ言われているけど、勝つことを目指すのはいつもと同じ。相手も勝って優勝を決めたいビッグゲームだ」

どっちもビッグゲームじゃないか、と突っこまれる前に足柄監督が言葉を続ける。

「俺達はホームでこの試合ができるんだ。何度もサポーターに助けられてきたこのデルタスタジアムで。忘れてるかもしれないけど、このクラブは今年で25周年なんだ。俺はコーチになって数年間しかまだいないけど、25年の歴史で大変な時期も経験した。この町が台風でひどい目に遭ったときも、みんなで乗り越えてきたよな？　あれは勝てないよりも苦しい時期だったけど、サポーターに『頑張ってくれて、ありがとう』と言われて、嬉しかったよな？」

指揮官は畳みかける。この杜都市は数年前に、日本全国を襲った台風の被害が大きかった場所で、土砂崩れなどで多くの人が苦しんだ。

キマイラスの練習場も、一部冠水。大小三つの川が合流する地点にあるこのデルタスタジアムも水没の危機に見舞われたが、周辺の公園や遊水地のおかげで、奇跡的に大きな被害を免れた。しばらくこのスタジアムは避難所や、救援物資の集積所にも使われた。

リーグ戦が中断期間だったことが幸いし、再開する頃には代替の練習場を使ってキマイラスは準備をすることができた。そして再開後のリーグ戦で快進撃。下位に低迷していた中盤戦の成績から、当時のクラブ成績を塗り替える躍進を果たした。不格好で、フィジカルの強さを前面に押し出したスタイルだったが、そのひたむきな戦いぶりは見る者を惹きつけ、特に傷ついた杜都の市民を勇気づけた。

足柄はそのときからコーチを務めている。

「だからそのホームでできる俺たちの方がビッグなゲームなんだ！　ビガーゲームだ！！」

理屈ではない勢いに、ロッカールームが沸いた。

「プレーでもサポーターを沸かせるぞ！　ビガーゲームを美化ーするプレーを！」

指揮官渾身の駄洒落は、気付かれなかった。だがここでテンションを上げて、阿知美相手にも萎縮しないでくれれば、監督はそれでよかった。

足柄監督は、自身の駄洒落に反応しない選手がいるのはいつものことだと割り切っていたが、一つ気になる者がいた。さっきまで自身のSNS用の写真をパシャパシャ撮っていたFWの弥田が、何か落ち着かないようだった。

「ん？　どうした弥田。探し物か」

「あ、いえ……何でもないです」

「なんだ、写真写りが悪かったのか？　試合で勝って、そのときに最高の表情で撮ればイイ！」

勢いで押し切ろうとする監督にひとまず生返事をした弥田だが、どこかソワソワしていた。

「ロビン、お前は大丈夫か。なんか、国から取材が来るとか言ってなかったか？　よりによってこんな〝盛り上がる〟試合に」

監督はリヒテンシュタイン人DFに声をかけた。

「問題ないです。顔なじみの記者ですし。勝ったところを見てもらいましょう」

威勢良く、そして流暢な日本語で答えたのが、守備の要であるロビン・リッターだった。

来日後、別の大都市のクラブでは今ひとつ馴染めなかったものの、杜都に移籍後は瞬く間に順応し、最終ラインに欠かせないソンピースになった。母国はヨーロッパの中でも小国だが、彼自身はこの杜都で、少なくとも個人能力では秀でている。今季の活躍によって欧州復帰も噂されたが、「この町とこの餅が気に入りました」という小粋な言葉とともにあっさり長期契約を延長した。もともと数ヶ国語を操るが、会話アプリで日本語もかなり覚えてしまったのだ。

「いいか、ロビンの国からも取材に来るみたいだが、マスコミは多分阿知美の優勝記事を狙ってそっちを注目するだろう。阿知美側メディアのあまりの多さに広報は青い顔で事務処理していたらしいからな。そういう試合でこそ、目立つのは俺たちだぞ！　ビガーゲーム、行くぞ！」

足柄の声に、再び沸く選手たち。まだキックオフまで1時間以上あるのに、ここまでテンションを上げて大丈夫なのだろうか。だが指揮官にとって、ここで一つピークを作ってリラックスさせることが狙いだった。

「首位を倒して目立ちましゅい！」

という駄洒落で皆をずっこけさせて。

＊

その外の廊下で、二人組がヒソヒソ話をしていた。

「おい、中は急に騒いだり急に黙ったり忙しそうだな」

杜都キマイラスロッカールームの廊下で、中の様子を怪しんでいたのは、例のユニフォーム泥棒（予定）の二人組だった。

「あまり選手が通ってないと思ったら、ロッカールームでミーティングとはな。しかもこれ、阿知美セイバーファングスじゃない方の部屋じゃないか」

「兄貴、〝じゃない方〟じゃなくて、杜都キマイラスだよ。あとこっちも人気選手がいるし、金目の物が……」

「馬鹿野郎、日本代表じゃないと価値がないんだ！　阿知美の控え室は反対側か！？　行くぞ」

子分はちょっと眉をひそめたが、渋々兄貴分に従った。どのみち、イベント業者のスタッフに紛れた自分たちがこんなところにいたら、怪しまれるに違いない。

両チームのロッカールームは、なるべく試合後まで第三者の接触がないように、スタジアムの両端に配置されている。ホームチームは北側で、アウェイチームは南の端。先程の箭内たちは、結構長い距離を移動して、阿知美の斯波のところへ挨拶に行っていたのである。

廊下を真っ直ぐ歩いていけば反対側に行けるが、その途中には警備員が多く立っている。途中で上のフロアへ移動して警備員の多い受付付近を避け、また下りるのが彼らにとって安全だった。そこで一階上がってみたものの、

「こっちのフロアも、意外と人が多いな」

「あっ兄貴、向こうから警備員が」

「そこ、『放送控室』って書いてるから、イベントスタッフとして間違えたふりして入っちゃえ」

慌てた兄貴に子分が腕を引っ張られ、手近な部屋に駆け込むと、

「やばーい！！！　ダヴァーイ！！！」

とんでもない大声が飛んできた。放送は放送でも、このデルタスタジアム杜都でのホームゲームでＤＪを務める、ダサエフ健の控え室。彼はスタジアムに詰めかけたホームのサポーターを沸かせるため、そのウォーミングアップ、いやヒートアップ中だった。なお、

「やばいダヴァイ」はロシアと日本のハーフである彼が、場内の温度を上げるための口癖である。

そのヴォイスに面食らって、怪しまれるよりも前に二人組は逃げ出してしまった。

ダサエフ健の迫力満点のシャウトにはじき出されるように、二人組は廊下へ。全速力で逃げ出した。最早何から逃げているかわからなかった。

「ここまで来たら大丈夫かな、兄貴……あれ？」

返事がないので子分が振り返ったら、誰もいなかった。兄貴分は、反対方向に逃げてしまったらしい。しかも反対方向から

「うわなんだこのモフモフはー！」

という叫びが聞こえてきた。

兄貴を助けに行こうかと思ったが、どちらかがはぐれたら置いていく、まずは逃げろ、という約束をしていた。

それでも子分はちょっと迷って、来た道を戻ろうとしたが、叫び声に気付いて人影が集まってくるのが見えた。やはり一度逃げるしかない。自然と足が動き、また駆けだした。下のフロアに戻れば、また杜都キマイラスのロッカールームの近くに下りることになる。

どうも彼の足は、お宝ユニフォームのある阿知美側よりも、杜都側に向いてしまっているようなのだ。

「兄貴には悪いが、こちら側にひとまず逃げよう」

そんなことを考えながら廊下を走るものではない。子分は猛烈な勢いで突っこんできた別の者と激突した。

「痛っー！　どこ見てるのよもう！　廊下を走るなと小学校で習わなかった！？」

捲し立てるのは、石橋美香だった。自分も廊下を走っていたにもかかわらず、である。

咄嗟の動作で正面衝突こそ避けたものの、両者は豪快に吹っ飛んだ。

日本代表監督がこのデルタスタジアム杜都に来ているという話を耳にした美香はそのあとを追いかけていたが、既に代表スタッフは受付を済ませてＶＩＰルームに上がっており、

「あなたはそのパスではルームに入れませんし、そもそも代表の広報の方の許可がないので突撃取材はご遠慮ください。それから廊下を走らないように」

などと牧子から釘を刺されて追い返されたのだった。

三秒ほど意気消沈した後、美香は別のネタに頭を切り換え、足柄監督と箭内の去就を

探るべく、選手やコーチングスタッフ以外の〝関係者〟を探してこのフロアに上がった。ゼネラルマネージャー（ＧＭ）や強化部長を探そうとしていたところだった。ちなみに先発メンバー表はまだ見ていない。

　美香はさらに文句を言いたいところだったが、急いでいた理由を思い出した。

子分は呆気にとられていたが、警備員がこちらまで追いかけてこないことを確認できたところで、自分にぶつかってきた人間を認識した。

「もしかして……夕方の番組に出てた人？」

　今更気付いたのか、しかも「夕方の番組に出てた人」とはなんだ。自分の名前も番組名もろくに覚えていないじゃないかと短い時間で美香の喉元に文句が押し寄せたが、ここはぐっと呑み込んだ。

「い、いかにも、よっしーこと石橋美香とは私のことでしてえ」

　引きつった表情は言葉使いを変える。でも、無理もない。美香が首から提げているプレスパスは、杜都テレビのそれではなく、フリーランスのものだった。その現実を思い出し、表情は曇る。

　が、それも数秒で切り替わった。

遠目に、何やら言い争いながらこちらに向かってくるスーツ姿の二人組を確認したからだ。状況を飲み込めていない子分を置き去りにして、美香はその二人組の大きな方に駆け寄った。

「秦ＧＭ！！」

その叫びに大きな方の男が気付き、表情を緩める。一方、秦ＧＭと呼ばれた男と先程まで言い争っていた痩身の男は
「げっ、あいつは〝突撃隊長の石橋〟」

と警戒色を鮮明にした。

「やあ久しぶり美香チャン。どうしたの何が知りたいの」

スポーツキャスター時代から顔なじみ、やけにかわいがってもらっていたことを美香は忘れていなかった。ＧＭつまりゼネラルマネージャーの役割は実際のところクラブによって微妙に違うのだが、杜都の場合は現場を統括する責任者と言える。そして一緒にいる信夫悠太強化部長はその部下で、選手の補強などに関わる存在。つまり美香にとっては貴重な情報源だった。鴨が葱を背負ってやってきた格好だ。

「これ最終戦だから、来季のこととか聞きたいんでしょ？　美香チャン前からそういう

タイミングでその手の話を聞いてきたよね。それはねえ、教えたいところだけど教えられないし、残留か否かで監督も選手も代わるし、たとえば…」

「そこまでです。言いかけていますよＧＭ」

美香は心の中で舌打ちをした。実際のところ表情の歪みにも現れたが。

「残念だけど、お話できません。ＧＭも、僕も」

「ああなんだ、いや、俺は話すつもりはないよ。ただ、監督の評価とかは今日の試合の結果次第で……」

「それが話しているというんです。ささ、こちらへ」

脇の甘いＧＭと比べて、信夫強化部長は鉄壁だ。キャスター時代も、記者になった今季も、美香が常々ネタを探りに来ることを、信夫強化部長は何度となく苦い思いをして知っていた。〝突撃の石橋〟とか〝五つの肺を持つ女〟とかあだ名をつけたのもこの部長である。試合の行方についても、選手や監督の人事でも頭が痛いのに、メディアにあれこれ漏れたらもう大変だ。ＧＭと美香を近づけてはならぬ、ということは彼にとってもはや使命だった。

この二人が一緒だったことが、美香にとって誤算だった。

大きなチャンスだったのに、余計な奴がいてまたもネタをつかめず。美香が振り返ると、さっきの男が突っ立っていた。

「やば、かっこわるいところを見られた……」

なぜか今になって、そんなつまらないことが気になってしまった。表舞台に出ない今では、かつての華やかな姿すら覚えてもらえていなかったということは、先程のこの男のリアクションが示していたはず。そして、今は端から見れば無謀な突撃をＧＭと強化部長相手に敢行し、ネタの一つもつかめずに追い返されてしまった始末。手ぶらとでも坊主とでもなんとでも呼ぶがいいさ。

ところがこの男は、勝手についてきたばかりか、何やら目を輝かせている。

「すごい…！　すごいです！　かっこいい！　あれが突撃リポート！」

一体何に感心しているのか、美香にはよくわからなかった。でも、容姿とか雰囲気とかそういうのではなく、仕事を褒められていることは感じた。それも、久しぶりに。

「ま、まあ、慣れているからね」

何に慣れているのか、慣れたからなんだというのか、自分でもわかっていなかった。

それでも何かがこの男に響いたようだった。

「姐さんと呼ばせてください！」

「姐さん」という言葉に今ひとつ納得しかねた美香だが、この何だかわからない男、もしかしたら自分の目的達成のために、使えるかもしれない。

「ねえ、あなたの話を聞かせてくれない？」

「見てわからないですか？　スタジアムイベントのスタッフで……」

今の美香は〝ネタに手足が生えているような人〟しか見えていない。目の前のイベントスタッフを名乗る者が〝使える〟かどうか、わからないでいた。そこに、

「あら美香ちゃん。お久しぶりだねえ」

ボランティアの三田さんが通りがかった。この道20年で受付補助もずっと行ってきた三田は、受付担当が人事異動で代わる杜都キマイラス広報よりも、人の顔を覚えていることで評判だった。彼女は美香を忘れてはいない。ちゃんと「よしかちゃん」と呼んでくれる。

「三田さん、お久しぶりです。こちらの現場から遠ざかっていて……」

美香はボランティアや運営スタッフとの関わりがなかったせいか、あまり顔や名前を覚えない方だったが、三田についてはずっと顔なじみだった。何だかよくわからないが

惚れ込まれたこの小男と、長く自分を知る三田の声がけで、何か温かいものが体に巡ってくるのを感じた。

「元気そうで何よりだわ。最近、テレビで見てなかったから」

その言葉には美香はちょっとガクッときた。テレビの表には出なくなったけれど、その縁の下、ニュース原稿の文字、編集した映像の陰にはいたのだから。が、それでも気にかけてくれていたのは嬉しかった。

「ところでそちらの方は？　運営スタッフのパスだけど、見ない顔ね……ホーム最終戦で人手が要るから、新しい方？」

小男がぎくっとしたのを、美香は見逃さなかった。何か身分がバレるとよくないのかと察したが、フォローの方法がわからず咄嗟に、

「こ、この人、私のパートナーです」

と言ってしまった。

「あらあらそういうことね。お仕事にも精が出るといいわね。お邪魔にならないように、それじゃ」

何一つ怪しむことなく三田は去っていったが、怪しまれはしなくても誤解はされてい

たようだった。

「な、なんですかパートナーって」

「と、とにかく話を合わせておきなさい」

咄嗟に話を合わせるのは美香の得意技で、だからこそこの業界でここまで生き残ってこられたとも言える。だが、言い方を間違えてしまった。

「『助手です』とか『見習いです』とか、言えばよかった」

「声に出てますよ」

「うるさい。だいたいあんた、イベントスタッフとか言っていたっけ？　じゃ、ないでしょ」

子分の表情が動いたのを見逃さなかった。隙を見つけたときの美香は強い。グイグイ近づいて、とうとう泥棒であることを吐かせてしまった。

「まま、まさかこれを明日の三面記事に」

「そんなわけないでしょ。こんな小ネタも小ネタ、これじゃあ私の人生は変えられない。だいたい三面記事って、あたしは新聞記者じゃない」

とっ捕まえるよりも、自身の人生を変えるネタのために、組んだほうが良さそうだ。もっと生々しく言えば、利用できそうだ。美香の直感が働いた。

「こうなったら力を貸しなさい。こっちの目標に向かうことで、あんたが探しているものにも突き当たるはず。そうしたらその兄貴とかいう人ともどこかで会えるんじゃないの？もう少し詳しい話はまた後、いまはとにかくロッカールームに行きたいんでしょ。動かないと」

ＧＭと強化部長の足どりはわからないし、日本代表スタッフもＶＩＰルームに行ってしまったが、杜都側ロッカールームに何か手掛かりがあるかもしれない。選手たちがウォーミングアップで出てくるまでにはまだ時間があるが、その前に部屋の周辺でネタ元にぶつかるかもしれない。極めて大雑把な期待だが、基本的に考えるのはそこまでで、体を動かすのが美香流だった。

実際にそれで強引にでもネタをつかんできたし、やり過ぎと見た者に止められる要因もまた、その強引さにあった。

「そういえば、追いかけてこなくなったな」

美香が気付いた頃、睦月は美香たちとすれ違っていた。

＊

美香たちが2階から階段で下りていた頃、睦月は鼻の下を伸ばしながらヘンリエッタとともにエレベーターで3階に上っているところだった。

本来ならばキックオフまで2時間を切った頃は、発表された先発メンバーリストをPCに打ちこんだり、速報マッチレポートの書き出し部分を下書きしたりしているものだし、この最終節にして大一番ではなおのこと、その業務に集中しているところだった。

それがリヒテンシュタインから来た見習い記者を英語で案内をしている。しかも、同国の代表選手であるリッターやそのチームメイト、杜都の戦術といった自分が得意としていることではなく、スタジアムの構造を説明し、イベントを案内している。しかも、

「頼りにしていますよ。次はスタンドを教えてください」

と、長身で愛くるしいエッティことヘンリエッタの頼みを、断るどころか喜んで引き受け、ガラにもなくレディーファーストでついていっている。

エッティは好奇心旺盛なのだ。エレベーターを降り、スタンドにつながるコンコース（廊下）に出ると、

「なんですかこれ！　かわいい！」

と、チームオフィシャルショップのマスコットグッズをあっという間に見つけ、説明を求めた。睦月はこのキュー衛門について丁寧に説明を試みたが、愛らしいルックスとは裏腹に、サポーターに襲いかかったとか、様々なやんちゃぶりが報告されるキャラクターの持ち主であることは黙っていた。かわいい、で済んでもらえばそれでいい。

キュートとかラブリーとか言ってグッズを品定めしているエッティを見てにやけている自分に気付くと、それを本人に気付かれぬよう、睦月は反対方向に顔を向ける。

すると見知った顔があった。

「いやあいつも思いますけれど、日本のスタジアムの食事は、『美味』の一言ですね」

「だろ？　杜都はこの牛タン饅頭がオススメだね」

記者パスをつけた二人組が意気投合して、スタジアムグルメに舌鼓を打っている。

一人は全国のグルメに目がない西郷スポーツの喜田。もう一人は……

「ミヒャエルじゃないか！」

思わず出た睦月の声に、ミヒャエルは牛タン饅頭を頬張りながら
「いやあ睦月さん。どうですかうちの新米記者は楽しんでいますか？」

「『楽しんでいますか』じゃないよ！　何スタジアムグルメ満喫しているんだよ！　あんた、そんな余裕あるんならこの子案内してあげればいいじゃないか」

ミヒャエルは突っ込みにも動じない。

「いえこれは取材ですよ。偉大なる食文化です」

喜田も同調した。

「そうだよ、腹が減っては戦はできないよ、ってあんた杜都の記者だっけ？　ほかにオススメグルメない？」

そういえば12時を過ぎていた。14時のキックオフを前に、昼ご飯を食べないといけないと睦月は気付く。売店で食事を買って、控え室に戻ろう。「エッティの世話はミヒャエルに渡して……」

と睦月が思ったところで、

「ミヒャエル、ここにいたんだ。見てみて、かわいい」

満面の笑みで、キュー衛門グッズを抱えたエッティがやってきた。そしてこの笑顔に睦月は勝てず、アテンドを継続することになる。

「いやあ楽しんでいるようだねエッティ。ところで、そのマスコットって、あれじゃないか？」

　ミヒャエルが牛タン饅頭を引き続き頬張りつつ指さした先には、人だかりの中でも存在感抜群のキュー衛門がいた。何やらぐったりした人を抱え、救護班に引き渡しているようだ。

　睦月は群衆をかき分けつつ、キュー衛門に何事か問いかけた。中の人……は知らないが、キュー衛門とは長い付き合いである。このマスコットは体のどこかからホワイトボードとペンを取りだし、筆談に応じた。

「このひと、かってにぶつかってきて、かってにころんで、かってにきをうしなった」

　救護班によって担架で運ばれていった男は、豪快にキュー衛門に激突したという。かつて隣町のマスコットと相撲をするという企画でびくともしなかった体躯を誇るキュー衛門に挑むとはなんと無謀な。そんなことを睦月が考えているうちに、

「キュート！」

と、エッタがキュー衛門に抱きついた。

　女好きと噂のキュー衛門と、マスコットに目がないエッティとの抱擁を引きはがすのに苦労した睦月。キュー衛門は人気者で、サインやハグ待ちのサポーターが列を為すほ

どなのだ。先程は体調不良（?）の男を世話していたために周囲も配慮していたが、引き渡しが終わり、睦月との筆談のうちに人が集まってきた。

「あっ怪獣だ！」

と、無邪気に指さして叫んだ子供に気付くと、キューちゃんという愛らしい二つ名を持つマスコットは、「キシャアアア」という声（?）を出して追いかけていった。

キュー衛門を囲む客がどっと沸くのと同じくらいに、コンコースから通じている客席の方からも声が聞こえてきた。先程の、チームバスを迎えたときのような声だ。

最も熱いサポーターが陣取っていると言われる、デルタスタジアム杜都のゴール裏からバックスタンドにかけてのエリアが、早くも盛り上がっている。サポーターの中から巨体のコールリーダーが現れ、サポーター席に向き直って叫んだ。

「ハイ、みんなこんにちはー！」

勇ましい惹句が始まるかと思いきや、挨拶から始まるマイクパフォーマンス。和んだのも束の間、

「いよいよ今日は、決戦である！　最後の最後まで気が抜けない我がチーム！　らしいといえばらしいじゃないか！」

勢いだけの前説に、勢いだけの拍手で「ウオオ」と応えるサポーターたち。しかし、この掛け合いが、スタジアムの温度を確実に上げていく。

「クライマックスに向けて、そして勝利に向けて、俺たちはもうウォーミングアップだ！　いわば先制攻撃であるー！」

「ウオオオオ！」

何が「いわば」なのかはわかりにくいが、とにかく彼らはもう気合いが入っていた。

通常だとチームがウォーミングアップを始めるキックオフ30分前あたりからコールや応援歌が始まるのだが、それに先駆けたサポーターのウォーミングアップどころか、本番さながらのテンションでの「杜都キマイラス」コールと応援歌熱唱が始まった。

「今からそんなで、体力保つのかな……」

睦月が心配するほどのコールは、スタジアム内のあちこちに響いていた。

＊

「何何何、何だか盛り上がってきた？　もうアップの時間だっけ？」

美香はキマイラス応援歌の一つ『杜都を愛してる』を、杜都ロッカールームに通じる廊下で聞いていた。

そして、自分がこの試合の先発メンバー表をまだ見ていないことに気付いた。

夕方の情報番組キャスターをしていた頃はもちろん、記者になってからも、メンバー表を心待ちにして、取材してきた選手が出るのか、出たらどう活躍するのかを想像し、翌週の番組でクローズアップする選手の〝アタリ〟をつけることが、キックオフ前の恒例行事であり、楽しみでもあった。

この日は最終節にして大一番。本来なら、いつも以上にメンバー表を眺めることを楽しみにするはずだったが、自分でも意外なくらい、気付かなかった。美香の頭を占めていたのは、例の三つの目的、杜都から出るであろう日本代表候補は誰か、足柄監督は続投するのか、箭内は引退するのか否か。スクープへの欲望が、視界と心を覆っていることに気付く。

迷いを振り払うように、美香は首を振った。

「どうしました、姐さん？」

「べ、別に。その『姐さん』ってのの、どうにかならない？　だいたいあんたいくつよ」

迷いを悟られないように、取り繕うように聞く。

「29ッス」

だった。自分が3歳年上という現実は口に出さず、気まずい間を空ける前に話題を変えようと思うと、彼の右腕に気がついた。

「それ、キマイラスのグッズじゃない？」

イベントスタッフに〝変装〟しているこの男がつけているタオル地のリストバンドには、確かに杜都キマイラスのエンブレムが描かれていた。何種類かの獣が同居するデザインは、間違いない。

「へえ、その通りで」

普段はゴール裏で立って応援している、サポーターの一人だという。普段なら、外で響いているあの応援の声や歌を構成している一人なのだった。

「もう応援が始まったから、今慌ててスタメンを確認して……これ、どういうシステムなんですかね」

いつの間にかスマートフォンでリーグ公式サイトをチェックしたというその顔は、キマイラスについて語ることへの喜びを表していた。

「俺……兄貴と組むときは、サッカー知らないふりしてたんですよ」

降谷と名乗ったその子分は、デルタスタジアム杜都に足繁く通う、熱狂的なキマイラスサポーターだった。

「リストラされたときに拾ってくれた会社の上司が、兄貴だった。あんまりスポーツを見るってことをしない人で、給料をホームとアウェイのサッカー観戦に使うってのが理解できなさそうな雰囲気だったから、黙っていた。土日に現地観戦するために、兄貴のゴルフとかにはなにかと理由をつけて断っていたってのもあるし……」

そうしたら、勤め先が倒産してしまったという。立ち行かなくなったところで二人が思いついたのが、プレミア付きユニフォームの転売だった。

「サッカーをよく知らない登の兄貴、あ、登って名前なんですけど、その兄貴にも、とりあえず有名で、日本代表で、イングランドのクラブに移籍するんじゃないかって選手と言えば、まあすごさはわかると思って」

美香は内心複雑だった。杜都に関する三つのネタを追いかけている身だが、先程のチームバス入場時に、全国的には無名な杜都の選手のネタよりも、その阿知美の有名選手・倉持丈の移籍ネタをつかめれば、一気にステップアップできるのではという野望が鎌首をもたげていたところだったから。

「でもあっちはガードが堅そう。それで今は、杜都側に忍び込もうってこと？」

「もともと、俺の場合はそうしたかった、というのが正直なところかもしれないですね」

試合前に相手チームのものを盗めばダメージを与えられるかもしれない、などと降谷が思ったのも事実だったが、今、杜都のロッカーに向かっているのは、かねてから彼にとっての悲願でもある。選手のユニフォームを手に入れてネットオークションに流せば、阿知美の選手ほどではなくとも値がつく、とも思っている。

だが、キマイラスに迷惑をかけてしまうことへの、申し訳なさもある。

そんな複雑な降谷の気も知らず、美香は問うた。

「そういえば、箭内は？　箭内大義は先発？」

降谷が、メンバー表が表示されたスマートフォンを美香に見せる。

「噓噓噓。この大一番で、先発落ち？」

まず、そこが気になった。

「箭内は最近ベンチスタートが続いているし、珍しいことじゃないんじゃ。世代交代の時期でもあるし、でも途中出場だったとしてもしっかりと仕事ができる。この前もアディショナルタイムでアシストしたじゃないですか」

「でもこの最終戦、彼には現役続行がかかった試合でしょ？　……そうだ、サポーターの間で、箭内が現役を続けるかどうか、聞いてない？」

「いや全然」

なんでそんなことを気にするのだ、と言外で表したかのように降谷は返した。

「だって大事じゃない。ここでベテランの仕事をして、チームの一部残留を置き土産に引退、とか、来季の契約をつかむ、とか」

「別に箭内が何年現役を続けるにしても、チームを勝たせたいのはいつだって同じでしょ？　ていうか姐さん、まずキマイラスが勝つかどうか、てのが先じゃないですかい」

「サポーターは気にならないの？　箭内の来季。あたしなんか、若手の頃から取材してきたんだから、気に……」

「いや来年とかじゃなくて今勝つかが心配で、残留しないとチームの来年がどうなるかわからないでしょ。姐さんが箭内を若手の頃から取材してきた、ってのも、去就じゃなく、プレーのことを聞いてきたんじゃないですか？」

違和感と、ハッとさせられたような感覚と、同居しづらい二つの感覚を、美香は覚えた。

冷や水を浴びせられたというより、常温の水を浴びせられたような。

　水を振り払うように、回答を避けて返した。

「今週は毎日練習取材に行ったけれど、箭内は引退のことを聞いても一度も答えてくれなかった。だから今も、気になっているの」

「この試合のことは、聞かなかったんですかい？」

「ほ、ほかの記者に、先に聞かれちゃったの」

　どんどん噛み合わなくなっていたところ、美香は降谷の肩越しに見覚えのある姿を見つけた。

「社長おおお！」

　葦原孔二社長が一人で歩く姿があった。周囲にメディアがいないか、確かめながらキョロキョロしている。

　向こうが美香を視界にとらえたのと、美香が駆け出したのは、ほぼ同時だった。

　またも降谷を置いてけぼりにして、美香は目の前の標的に突進した。メディアを避けるため単独行動の多い葦原社長だが、このときはそれがあだとなった。普段ならメディアがいないフロアの通路に、いないはずのメディアがいたのだ。

「社長！」

「また君か！　なんでここにいるかは知らないが、いつもと違う場所であっても、聞くことは同じだな？　直球でも婉曲でも答えないぞ。色仕掛けされても答えないぞ」

逃げ出した葦原社長に、美香も食い下がる。

「そこを何とか！　もしかして、結果次第では社長も監督やベテランと一緒にこのクラブを去ることも？」

「な、何てことを言うんだ君は。この記念すべき25周年の締めくくりの試合で、縁起の悪いことを。君ねえ、今はもっと大事なことがあるでしょう。孔子も言っているだろう、『放於利而行、多怨』って」

「なんですかそれは」

「利ばっかり追い求める奴は恨まれることが多い、ってことだよ」

美香をはぐらかそうとしたつもりが、説教のために論語を引用したため、社長はつい立ち止まってしまった。追いつく美香。しかしそこに痩身の男が立ちはだかった。

「こら、そこまでだ石橋」

信夫強化部長だった。残念ながら美香の〝味方〟である、GMはいなかった。先程の揉め事は落ち着いたのだろう。社長を探しているうちに、間一髪間に合ったと見える。

「助かったよ、信夫君」

　信夫強化部長は選手補強などの強化費を巡って社長と衝突することも珍しくないが、今はそれどころではなかった。口の軽いGMのようなことにはならないだろうが、この突撃兵記者と接触させてはならなかった。

「社長、前に話していた、日本代表の新任コーチングスタッフがいらっしゃいました。あらためてご挨拶を」

　強化部長の登場に心の中で舌打ちしたのも束の間、美香は「日本代表スタッフ」の部分を聞き逃さなかった。社長についていって、監督や箭内のことを突っこむのは勿論、その代表スタッフに、杜都から選ばれる予定の代表候補が誰かをしゃべらせれば……。

「おっとお前はついてくるな、石橋」

　とうとう「お前」呼ばわりされてしまった。そして信夫強化部長は葦原社長を連れてそそくさと廊下の向こうへ去っていった。

「……大丈夫ですか、姐さん？」

　固まってしまった美香に、降谷が語りかける。

「やっぱり、ロッカールームに行った方がいいってことだね！」

急に息を吹き返した。不屈の闘志とも言えるし、反省の色が見られないとも言える。

「ここで止まっていては駄目。ここで結果を出さないと、私も先がないんだから！」

「そうでなくっちゃね。そうと決まれば行きましょう」

利害が一致し、再び歩もうとした二人だが、社長を追い回しているうちに、2階の奥の方にまで来ていた。

「……ここ、どこ？」

普段はスタンドで観戦していて、今日は関係者入口から忍び込んだ降谷は当然、スタジアムの構造をほとんど把握していない。

「姐さん、わからないんですか？」

「ここに入ったことないもん」

新人キャスター時代から10年以上このデルタスタジアム杜都に通ってきた美香だが、施設内でメディアとチームが通る場所以外のエリアに入ったことはなかった。受付からプレス控え室、ピッチへの順路、スタンドの記者席への順路、監督記者会見場、選手のコメントを聞くミックスゾーンなどは、もう目をつぶっていても位置がわかるくらいなのに、それ以外の関係者らが利用する場所については、美香にはまったく記憶がない。そこを行き来する人々に取材をしたことはなかった、ということを、ここにきて思い知らされた。

気がつけば、先程まで聞こえてきたスタンドからの応援歌も聞こえないほどの、奥に来てしまったらしい。

「受付でもらったスタジアム案内図、控え室に置いてきちゃった。道案内のボランティアの人もいないし……」

報道陣で誰よりもこのスタジアムに通い、施設にも通じている人間の顔が美香の脳裏に浮かんだ。だが、その像を霧散させるべく頭を振った。

「へっくしゅ！」

一つ下の階で、くしゃみをしている者がいた。

＊

「なんだよここにきて花粉症か？」

「Ｇｅｓｕｎｄｈｅｉｔ（お大事に）」

エッティに気をつかわれた睦月は、このデルタスタジアム杜都の施設案内図をもう一部取りに、受付に向かっていたところだった。リヒテンシュタインからの取材チームは受付時に英語版の報道資料を受け取っていたが、ミヒャエルがそれを持ったままスタジアムグルメを巡る旅に出てしまったらしい。

先程スタジアム内のサポーター通路やスタンドの客席とプレス席、スタジアム入口広場などのイベントを案内したあとだというのに、エッティはスタジアム地図をあらためて見たいとおねだりしてきたのだった。当然、睦月は断らない。断れない。

受付に行ってみると、広報スタッフの方は出払っていて、補助ボランティアの三田さんが相手チームの関係者らしき人に対応していた。

「阿知美の方なのねえ。遠くまでお疲れ様。去年、チャンピオンになったとき、試合に出ていらした方ね」

「守備固めの途中出場ですけどね……でも、よく覚えていますね」

「わたくし、アウェイに見に行ったこともあるのよ。今年は出ていらっしゃらなかったけれども、去年は随分キマイラスのＦＷが止められちゃったから覚えているわよ」

「ありがとうございます」

男はそう言って、受付をあとにした。

「三田さん、今のは阿知美の富沢選手？　そういえば、ベンチ外だったか」

呼びかけた睦月も覚えていた。阿知美ヤイバーファングスの生え抜きにして古株のセンターバック。日本代表経験もあり、数々のタイトル獲得に貢献してきた。が、昨年から世代交代の波に呑まれ、今年は特に出場機会が激減していた。今日はベンチ外ながら、味方が優勝を決めそうな大事な試合を応援するため、単独で駆けつけたのだろう。

「あらあらむっちゃん、綺麗な方とご一緒ね。どこだっけ、海外からの取材の方よね」

照れつつ、スタジアム案内図を睦月は求めた。

「そういえばさっき、美香ちゃんも初めて見る男の人と一緒だったわね。なんだかパートナーとか言っていたから彼氏かなって」

三田の微妙な解釈に基づいたコメントに、一時睦月は目の前に灰が降ったような感覚に陥った。

「どうしました？」

エッティが睦月の目を覚ます。

「あなたたちもお似合いだわねえ。お仕事に精が出るのは歓迎だわ」

杜都テレビのクルーが通りかかる。篠玲美がピッチに立つため、記者用パスからテレビ撮影用のビブスに交換するため受付に申請するところだった。

「何々？　原さん、国際結婚の噂！？」

むしろ噂を作っているのはこういう人だ。睦月はとにかくその場を足早に立ち去った。

「どうしました？　あの人たち何を言っていましたか？」

睦月についてくるエッティが、スタジアム案内図を受け取りつつ問いかける。先程の会話の内容は何もわかっていない。

「な、何でもない。それよりも」

と、睦月は全力で話題を変える。

「スタジアムとかマスコットとかの話は随分質問してきたけれど、プレーの話はいいのか？　キマイラスのスタイルは……」

この一戦が大一番だということを思いだしたように、睦月はエッティを諌める口調になる。緊張感を持って、気合いを入れてスタジアム入りしたはずが、取材パスの００１番を奪われた上に、あの暴走突撃記者を何度も追いかける羽目になった。そして、遠国からのこの試合限りのゲストの世話をすることになった。彼女たちに構っているうちに、この一戦の緊張をすっかり忘れてしまっていることに気付くのが、睦月は怖かった。それを隠すように、エッティに杜都キマイラスの講釈説教その他で畳みかけようとしたが、

「スタイルは、最近は残留重視で守備的なんですよね。そして我らがリッターはその守備の要。ただ、守って守って、いざカウンターをしかけるときには、DFからのロングボールや、西嶋選手の創造性のあるワンタッチパスで決定機を作る。今日は郷田選手が出場停止で、和久井という選手が入って、右サイドには若手の井田という人がいますね。わかっていますよ」

と、ニッコリ。プレーに関するエッティの予習は、抜かりなかった。自分がこれから講釈しようとしたことを、穏やかに英訳されたような、エッティの淀みなき〝よくわかる、今日の杜都キマイラス見どころ〟。あまりのことに、睦月は大口を開けて静止した。

「あら原さん、この方に見とれちゃってる⁉」

篠玲美がからかいながら、カメラマンを連れてピッチの方に歩いて行った。その言葉に、睦月は我に返った。

「大丈夫ですよ。予備知識はミヒャエルに教えてもらったり、プレー動画でチェックし

てきました。それはあと、キックオフしたら確かめられればいいです。それより今は、グッズとか、グルメとかじゃないですか？　試合がどんな結果になったって美味しいものは美味しいし、かわいいものはかわいいもの」

と言って、エッティは先程購入したキュー衛門のぬいぐるみを見せる。

「牛タン饅頭でしたっけ、これもリーグのファンサイトで紹介されていたのをチェックしました。でも食べてみないとわからないし、試合前しか買えない。だから、今はそれに集中しています。グッズもグルメも、みんな大事な試合の要素ですよ。日本はそれも充実している。いいじゃないですか。あ、マスコットも、イベントもね」

そう言ってエッティが記者控え室の窓側に顔を向ける。睦月もその方向を見ると、窓の外には試合が行われるピッチ上で、スタジアムＤＪのダサエフ健とキュー衛門が何やら漫才をしているようだった。

「キューちゃん、今日は大一番だよ！　やばーいダヴァーイ！」

振られたキュー衛門はそれに筆談で

「きのう　しょうぶまえに　けいきづけで　のんだから　たいしぼうりつ　やばい」

と返していた。どっと沸く、サポーターの声がスタジアムの屋根に響く。

「何言ってるかわからないけど、楽しそう。あとキューちゃんかわいい」

睦月は「その大一番の前に何を下らんことをやっているんだ」と言いかけたところで、サポーターの笑い声とエッティの「かわいい」を聞いて、心の奥底から何かを引き出されたようだった。

「いや、これから勝負なんだけどね……」

と、苦笑いしながら。

まだ、試合は始まっていない。残留がかかる杜都、優勝がかかる阿知美。ヒリヒリするのは、これからだ。でも睦月にとっては、少し、気休めになったような気がしていた。

「ありがとう、エッティ」

自然に、口に出していた。


「いやあ、ここに戻っていましたか。どうです？　私の優秀な助手は」

大きな弁当を抱えて、ミヒャエルが記者控え室に戻ってきた。選手がプロデュースした弁当はコンコースの売店で人気メニューだと聞いていたが、わざわざ並んで買ったのだろうか。先程までなら「そんなことをしている場合か」と言っていたかもしれないが、今の睦月からそういう言葉は自然と出なかった。

代わりに、ひとつ向こうの席の会話が耳に入ってきた。

同じく大型弁当を抱えて戻ってきた喜田記者が、早速、飯をかき込む。隣の八本松記者は、圧倒されるやら呆れるやらといった表情だ。

「なんだ喜田ちゃん、さっき食べてきたばかりじゃないのか」

「何言っているんだい、腹が減っては戦はできないよフガフガ」

「戦も何も、結果は見えてるだろ。阿知美勝利で予定原稿を作っちまったよ。まあ、そうなれば杜都は降格、うちらも取材に来るのはこれが最後だろうから、今のうち記念にここの飯を食っておくのもいいかもしれないなハハハ」

嘲笑が始まったと思ったら、間髪を入れず怒号が突き刺さった。

「そんなことを決めつけるな！」

睦月の割れんばかりの声に、喜田は箸を落とし、八本松は固まった。睦月が自分より権威のありそうな人間に対してズバッと言うのは、杜都側の記者でも見た覚えがなかった。

「いきなりなんだこの無礼者」

「無礼なのはどっちだ！　勝負は終わるまでわからないだろ！」

ストレートにぶつけると、通りがかったカメラマンのゲンさんが一括。

「うるせえ静かにしろい」

「すみません」

ここで睦月は我に返った。

記者控え室を騒がせたことへの申し訳なさはありながら、睦月には不思議なことに、あの記者に怒号を飛ばしたことへの後悔の念はなかった。

でも、エッティには格好悪いところを見せたか。八本松記者には捨て台詞で、

「お前、記者は公正中立なもんだろ。現実を見ろ、ホームに肩入れするな」

と言われたし、冷静さを欠いた記者と思われたか……。

「何を言っていたかわからないけど、ライバルに甘かったさっきとはなんか違いますね」

彼女は、先程スターティングメンバーの情報などを、文句も言わず他の記者に話しつつ、背後から来る首都圏からの記者の嫌味に顔を歪めていた睦月を見ていた。そして疑問に思っていた。

今の顛末は、ミヒャエルが訳していたようだ。

「いいじゃないですか。それこそ、ホームタウンの記者ですよ」

肯定してくれる彼女の言葉が、ありがたかった。間もなくピッチに出てくる選手たちのウォーミングアップを、ピリピリムードだけに支配されず、そして緊張で真っ白にもならず、見守ることができそうだった。

スタジアムＤＪ・ダサエフ健とマスコット・キュー衛門の掛け合い漫才は終わり、ピッチ上では地元出身アイドル歌手のライブが行われた。熱唱に続き、いよいよ両チームのウォーミングアップが始まろうとしている。

イベント中は見守っていた杜都サポーターも、再びデルタスタジアム杜都の空気の温度を上げようとしている。

「ハイみんなお帰りなさーい！　戦いに、戻るのであるー！」

飯食いに行っていたんじゃないかー、とどこからかサポーターの野次を受けつつ、巨漢のコールリーダーは〝戦闘準備〟に入った。

「我々が苦しいときも希望の星となってきたキマイラスを、この1部にとどまらせて、来季優勝への第一歩を踏み出せるように！」

残留しようなんてところではとどまらない。鬼が笑おうが、来季のタイトルまで考えている。彼らは、勝つことを疑っていない。災害で苦しいときにも希望となってきたクラブが、勝利への希望を加える存在となることを、疑っていない。

＊

「杜都キマイラス！　杜都キマイラス！」

再び、美香のもとにもコールが遠くに聞こえてきた。

「やってますねえ、姐さん」

「コールが聞こえるところまで戻ってこられた。ロッカールームは近いわね。選手が出る、ナイスタイミング」

美香と降谷は一時社長を追いかけるなどして見当違いなところまで行ってしまっていたが、再び杜都キマイラスのロッカールーム近くまで戻ってくることができた。その過程では警備員に追いかけられたり、なぜかその辺を歩いていたマスコットのキュー衛門に出くわしたりという紆余曲折はあったのだが、なんとかここまで戻ってきた。気がつけば、13時20分。キックオフまであと40分弱というところで、いつもどおりなら両チームのウォーミングアップが始まる時間。まずはゴールキーパーが先にピッチに出て、サポーターに挨拶。続いて、フィールドプレーヤーが出てくるところだった。

つまり、ロッカールームが空くタイミングだった。

チームは試合前のミーティングをして、選手やコーチングスタッフ、メディカルスタッフに加え、強化部長らも加わって、円陣を組んで気合いを入れ、戦場であるピッチに出る。気合いを入れた者たちが、ロッカールームを出るところが見えた。そしてしばらくして、フィールドプレーヤーの列も、ピッチへ向かう。

ロッカールームの前には、選手を見送った信夫強化部長、ミーティング映像を撮影していた広報の節田が立っている。そして彼らだけでなく、最強の警備員・渡辺笛人がその前にそびえ立つ。

「どうするんですか姐さん。あの警備員を抜くなんて無理でしょ」

「何、こんなところまできて弱気になってるの！　あんた、人生変えたいんでしょ！」

降谷は何を大げさな、とでも言いたげな顔になったが、美香は本気だ。

「あたしは、もう変えるしかないの。だから、あの〝熊殺し〟だか何だか知らないけど、警備員だって倒してでも進まないといけないの」

辞表を提出せず会社の机に置きっ放しだったことに気付いたが、彼女の覚悟に変わりはなかった。

「いい？　作戦はこう。あたしはあのひょろっとした人とお調子者っぽい人に突撃取材するから、その騒ぎに警備員も引きつけられる。そうなれば、あんたがロッカールームに入れる。あとはうまくやりなさい」

「騒ぎを起こすことが前提ですか。それに、警備員に捕まったら姐さんどうするんですか」

「もともとあたしの目的は、ロッカールームじゃなくてネタを持っている人。選手はもうピッチに出ちゃったし、試合前は接触禁止だって今日だけで何度も言われたもの」

　取材ルールをきつく説明する牧子の顔が、また思い浮かんだ。

「警備員が怖くて突撃ができる？　捕まったら、振り切るだけ。ずっと、そうしてきたもの」

　すっかり開き直った美香は論理的にも倫理的にもいろいろ間違っているのだが、その勢いに降谷の臆病が少し飛ばされた。

「さすがだ、姐さん。ついていきます！」

　降谷がそう目を輝かせたかと思えば、

「そうとなったら即実行！」

あっという間に信夫強化部長のもとに突進した。

「ここは関係者以外立ち入り禁止です！　下がりなさい！」

渡辺警備員がそれを見逃すはずはなく、立ちはだかろうとした。しかしもともとスタジアムのスタンドや出入り口といった屋外で警備を担当していた彼は、特別体制でウォーミングアップ前のロッカールーム前を担当したこの時、いつもの癖が出てしまった。警笛を思い切り鳴らしてしまったのである。

ピイィー！

高音が、すさまじい音量で廊下に響き渡ってしまった。その場にいた皆が驚いていたが、一番面食らったのは渡辺警備員自身だった。しかも、変な音に気付き、ロッカールームに残っていたホペイロ（用具係）も出てきた。思わぬチャンスと言っていい。

降谷はこの隙を見逃さず、杜都キマイラスのロッカールームに駆け込んだ。どの選手の予備ユニフォームを狙うか、結局決めかねたままだったが、入口の近く、背番号の小さい選手のユニフォームを狙おうとした。

「迷っている暇はない！」

降谷が手を伸ばそうとすると、その前方に……

「キシャアアア」

ユニフォームに手を伸ばした降谷の前に、黄色いモフモフした壁が立ちはだかった。

「なんだあー！？」

無人のはずのロッカールームには、まだ残っていた人がいた。いや、人ではなく魔物、いやいや、マスコットだった。キュー衛門がその姿を現したのである。筆談でなら日本語を話すキュー衛門だが、筆記の暇もないときは、怪獣のような声を上げるというのがサポーター間での噂だった。サポーター出身の降谷は、その噂が現実となる貴重な瞬間を味わった。こんな状況でなければ、なお良かったが。

「なんで、なんでこんなところにこの怪獣が？」

もはや怪獣扱いされたキュー衛門は、チームの一員として、ピッチ内ウォーミングアップに向かうチームとともに、気合いの円陣に参加していたのである。普段のホームゲームでは、外でサポーターとともに選手たちを迎える立場だが、この日は選手やスタッフ、さらに各種関係者も総出で組んだ円陣に、同じキマイラスの一員として参加していたのである。

ある意味警備員よりも怖いこの怪獣、いやマスコットに追われ、降谷は入ったばかりのロッカールームから逃げ出さなければならなかった。咄嗟に、近くにあった服をつかんで、大慌てで脱出。それはユニフォームではなさそうだったが、練習着かもしれない。広げるのは後にして、どのみちお宝に違いない。それだけをつかんで、とにかく逃げた。

するとと廊下では、

「おいおい、こっちはメディア立ち入り禁止だよ」

「右に同じ」

と、美香が節田広報部長と信夫強化部長に追いやられていた。彼らはいつものことだと手慣れたものだったし、美香も食い下がろうとしたのだったが、起き上がって立ち直った渡辺警備員が、半ばパニック状態になって、

「待ちなさーい！」

と、追いかけてきた。彼が追うべきはむしろ降谷の方なのだが、何だかわからないうちに美香もその熊のような警備員の突進から逃げ出した。

「石橋にしてはあっさり引き下がったな」

「なんだったんだろう。でも好都合だな」

二人にしてみれば、ラッキーだったようだ。

＊

「姐さんまで逃げることないじゃないですか。しかもこんなところまで」

息を切らしながら、降谷は追っ手を振り切った先で美香に問いかける。いつの間にか彼らは、ロッカールームから2階ほど上に来ただろうか。チームスタッフが使うものとは違うエレベーターホールに来ていた。

「そんなこと、言われても……」

よく考えてみれば、自分の場合はメディアの身分で、広報とも強化部長とも、そしてあの名物警備員とも顔見知りなわけで、ここまで逃げることはなかったのだ。いつもなら、開き直って食い下がっていたはずなのに。後ろめたさでもあったのだろうか……と一瞬浮かんだ思いに、首を大きく振った。

勢いでぶつかっていき、勢いで逃げてしまった。何がやりたかったのか、どこへ行きたかったのかわからなくなって、この場所まで逃げてきた。ネタは、つかめずじまいで。

「あんたこそ、お目当てのものは取れたの？」

話題を変える美香の問いに、降谷は手に握ったものを見直す。色こそ杜都キマイラスのユニフォームと同じ深緑と山吹色のチームカラーだが、デザインが違う。練習着なのか、それとも別の何かか……。

降谷が広げようとしたら、何かが落ちた。

「それはなに？キーホルダー？」

それは、お守りのようなデザインで、なにかかわいらしい猿のようなキャラクターが描かれていた。

「キマイラスのキューちゃんじゃないよね。セイバーファングスのマスコットも、こんなじゃなかったような……」

二人とも、なんとも見当がつかなかった。

「あんたも、ハズレだったの？　でも、ここで諦めるわけにはいかないよね」

美香は、また手を変えて突撃しようかと思い立ったところだった。しかし、一歩踏み出そうとしたところで、降谷はついてこなかった。

「え、どうしたの。今度こそユニフォームを手に入れるんじゃないの？」

珍しく、美香は振り返る。

そこに、この一言が飛んできた。

「姐さん、もうやめませんか、こんなこと」

「『やめる』？　やめるって何？　ここまで来て、今更？？」

美香は、降谷がこれまでのように、いざ実行という前に、怖じ気づいたのかと思った。

しかし、何か表情が、雰囲気が違う。

「やっぱり、俺、サポーターなんだなって」

下を向いていたと思ったら、美香の目を見据えて、降谷は言葉を続けた。

「兄貴の恩に報いることと、自分の暮らしをなんとかしなきゃということと、いろいろごっちゃになっていた」

「ちょちょ、ちょっと、いきなり何を語り出すの」

「でも、兄貴のせいにしてちゃ、駄目なんだ。離れて、やっと考えられるようになった。姐さんは俺が金目になるユニフォームを盗ろうとするのに、利害が一致していたかもしれない。でも、俺がサポーターのグッズをつけていたのにすぐ気付いたし、スクープの話をしてくれたときも、足柄監督とか箭内とかの話するときは、嬉しそうだった。姐さんは冷静中立にスクープをとる、それを狙っているつもりでも、実は監督や箭内が〝心配〟なんじゃないですかい？」

美香の紅潮した顔が、温度を下げていくようだった。

「やだ、何わけの分からないこと言っているの。あたしは、この試合のスクープで、明日を変えたいの。いち早く、独占で、一報を届けられれば」

そこで終わればよかったかもしれない。でも、美香は次の言葉を止められなかった。

「そのために、ずっと試合にも、練習場にも、足を運んできたんだから」

あるときは押し合いへし合いの報道陣に揉まれながらなんとか選手の言葉を聞き出したし、またあるときは同業者からセクハラまがいの言葉を少なからず浴びせられながらも、彼らに負けないレポートを、夕方の番組でお茶の間に届けてきた。キャスターとしても、その後記者として裏方に回り、篠玲美に原稿を読んでもらう立場になっても。

降谷はその言葉を聞き、手元のシャツを広げ、自分の方に向いた面に書かれたメッセージらしきものに目を遣った。そして、意外な行動に出た。

「姐さん、ここでお別れです」

美香の後方にはエレベーターがあり、この3階フロアに着いていたらしい。待機中のところ、降谷は〝開〟ボタンを押すと、その中に美香を突き飛ばした。尻餅をつき、呆気にとられる美香に向け、

「姐さんが練習場に通っていたのは、たぶん、そのスクープのためじゃない。今日、本当に伝えたいことは、この先にあると思います。さよなら」

とまくしたて、一歩入って素早く〝Ｂ１〟のボタンに続いて〝閉〟ボタンを押し、手にしたシャツについていた猿のキーホルダーを餞別よろしく放り投げ、美香を見送った。

美香が正気に戻り、立ち上がったときには、エレベーターは地下１階に着いていた。

「あーもうわけ分からない！」

エレベーターから出たものの、このフロアは何やら薄暗い。

「こんなものもらって、どうしろっての」

と、キーホルダーを投げようとしたが、なぜか思いとどまった。

遠くから、聞こえてくるものがあった。

「杜都キマイラス！　杜都キマイラス！」

自分は選手でも何でもない、杜都テレビのパスをつけたスタッフでもない、フリーのパスをつけた何者でもない石橋美香。でも、あのコールに、何か呼ばれている気がした。

懐かしさを感じる声。力を与えてくれる声。その声に向かって歩みを近づけると、ますます体の中に響いてくる。

自分のいる場所を見渡すと、ここが倉庫であることを知る。しかも、スタジアムの芝を整えるグラウンドキーパー用の車両が並ぶ、ピッチに通じる倉庫だ。シャッターが半分開いた扉があり、声はその先から聞こえてくる。

美香は手に握っていたキーホルダーをひとまずジャケットの胸ポケットに入れ、軽く叩いて、一呼吸。そして、声のする方に、駆けだしていった。

あの先に、チームがいる。

あの先に、サポーターがいる。

あの先に、メディアがいる。運営スタッフがいる。マスコットがいる。

あの先に、希望がある。

扉を抜けると、その先は眩しかった。

第3部

13:55

選手入場

＊

ピッチ上では、両チームのフィールドプレーヤーがゴールキーパー陣に続いて現れ、それぞれのサポーターの前に整列。杜都キマイラスの選手たちも、合図とともに、サポーターに挨拶した。

挨拶の間、一時止めていたコールが、再開した。しかも、音量と、力を増して。

「杜都キマイラス！　杜都キマイラス！」

「立ち上がれ　この緑の都の者たちよ　ＲＥＡＤＹ　ＧＯ」

コールに歌が続く。ピッチに散らばり、ボールを蹴り出す選手たち。

「やばーいダヴァーイ！　このデルタスタジアムのピッチに駆けつけた戦士たちに、さらに熱い声援を！」

スタジアムＤＪに煽られ、既に試合前からコールは通常の三割増しだ。優勝がかかる阿知美セイバーファングスの熱烈なサポーターたちも、目算で２千人はいて、大声援を送っていた。しかし杜都の声援は、それをはるかに上回っていた。

「今日のサポーター、すげえな。俺、語彙力ないけど、とにかくすげえ、としか言えない」

二人一組でのパス交換をしながら、ＭＦの北川がこぼす。

「俺、ここまで響いてくるの、初めてかも」

「ヤナさんがそういうんだからよっぽどですね」

杜都一筋のベテラン・箭内大義の言葉に、西嶋俊太が応える。

「ご覧ください！　この声援、この迫力！　デルスタは燃えています！！」

盛り上がるスタンドを背に、杜都テレビの篠玲美が試合前のピッチリポートを始めた。

周辺には、他のテレビ局のカメラと、アナウンサーやリポーターが並び、熱気を伝えている。

そのスタンドの下部の扉から、何だかヘアスタイルが乱れ、土埃にまみれたパンツスーツの女性が現れ、よりによって杜都テレビの篠の背後に現れた。

カメラマンが気まずい表情で、〝避けろ〟のジェスチャーをする。

しかしピッチに出た石橋美香は、避けるどころか、そのスタンドを振り返り、またピッチに向き直り、このデルタスタジアムの空気を体中で吸い込んでいた。その音を体中に響かせていた。

「あたしが伝えたかったのは、これだ……」

杜都キマイラスの選手たちのウォーミングアップも、かなりテンポが上がってきた。

5対2のボール回しでプレーが途切れたとき、箭内がふと大声援が聞こえてくるサポーター席に目を遣ると、ボロボロの姿ながらこちらに熱い視線を送る記者の姿を認めた。

「げっ、こんなところに石橋美香が」

しかし、突撃はしてこない。このウォーミングアップ時には当たり前と言えば当たり前なのだが、いつもならやりかねないのが石橋記者だとわかっていた。でも、この時の彼女には突撃する雰囲気を感じなかった。

ちょっとでも集中力を欠いた自分を恥じ、箭内はボール回しに戻っていった。

「ほら、パススピード落とすな！」

「ハイ、ヤナさん！」

その様子を、ピッチ脇で、他のテレビ局のカメラマンに邪魔だと怒られながら見ていた美香。今、彼女は確かに箭内にも注目していたが、見ていたのは、感じていたのは、キマイラスの選手やスタッフすべてであり、サポーターや、相手チーム、このスタジアムでの試合に関わる全てだった。

確かに、箭内や、練習を見守る足柄実監督の去就に関するスクープは取りたい。

だが、今はその機ではない。

今は、このスタジアムで、1部残留を賭けたチームと、優勝を賭けたチームが戦う、二度とない雰囲気を感じるときだと、誰に言われるまでもなく感じていた。

近くで、今では杜都テレビ夕方のスポーツコーナーの顔となった篠玲美がリポートを続けている。でも、今の自分がそこに取って代わろうという気は、いつの間にか消えていた。今はこの、フリーのパスをつけて何が伝えられるのか、どうやって伝えられるかに、意識が切り替わっていた。

「石橋さん！　そのペン記者用の取材パスでは、ピッチには入れません！　ビブスに交換を……」

猛ダッシュで広報の米倉牧子が美香のもとにやってきて、腕を引いた。

「ああ、ごめんなさい。今、ここを出ます。記者席に行きます」

食い下がらず、素直に従った美香に、牧子は面食らった。彼女が手を離すと、美香はピッチから記者控え室に歩いていった。

タッチラインの少し外を歩きながら記者控え室への出入り口に向かう間も、美香はスタジアムの空気を吸っていた。

相手の阿知美セイバーファングスも、駆けつけたサポーターの大声援を受け、気合いの入ったウォーミングアップをしている。それを遠巻きに撮る報道陣の数は、ホームの杜都キマイラス側よりもずっと多い。

現在リーグ得点王最有力候補のＦＷトゥバロンが、暴力的なまでに強烈なミドルシュートをゴールに突き刺している。次にシュートを打ったのは、元杜都の斯波俊秀。トゥバロンに比べると自信がなさそうに見えるが、技術は正確だ。ただ、逆サイドの杜都サポーターからは、ブーイングも聞こえていた。彼が杜都でプロ生活を始めた頃を見ていた美香にとっては、複雑な光景でもあった。

続いてシュート練習に入った倉持丈が足を振れば、その瞬間に報道陣やスタンドのサポーターがシャッターを切る。海外クラブへの移籍が噂される彼は、注目の的。首都圏から来た報道陣は、阿知美の優勝とともに、この選手のネタをつかもうと息巻いている。美香も同じ穴の狢だ。少なくともバス入りの時にはそうだった。

でも、今はそうではない。

反対方向に目を遣る。同じくシュート練習に入った杜都の選手たちは、阿知美に比べれば技術は拙いかもしれないし、全国的な知名度もずっと低い。向こうはタイトル争い、こちらは残留争い。資金力も雲泥の差だし、日本代表の常連が多数いる向こうに比べ、こちらは冬の代表候補の遠征にやっと選手が招集されるかどうか。外国籍選手も、阿知美はサッカー王国ブラジルの現役代表を含む強者たち。杜都は、地道に働いてくれるものの、あまり知名度は高くない国から来てくれた者たち。

でも、この杜都を取材できて、本当に良かったと思っているし、今はもう杜都の取材に集中したいと、思っている。

サッカーのことをよく知らないまま、先輩アナウンサーに連れられてこのスタジアムに来たときのことを、美香は思い出していた。こんなに人が、熱気が集まる空間があるのかと。看板スポーツキャスターになり、そこから記者になり、そして先がわからなくなった今も、杜都キマイラスは、彼女にとって大きな存在だ。

この弱くも愛すべきチームを取材できる喜びを噛みしめながら記者控え室に戻り、美香は渇いたのどを潤すべく記者用のフリードリンクを手に取った。そして、そこで久々に難敵と出くわした。

「あーっ！」

少し前まで散々追いかけてきて、こちらのスクープの邪魔をし、説教をしてきた原睦月が、美香の001番の番号がついたフリー記者用のパスのあたりを指さしてきた。

「今までどこにいたんだ！　また試合と関係ないスクープばかり追いかけて……」

「試合のために戻ってきたんですけど」

「『戻った』って、だからどこに行っていたんだよ。そんなほこりっぽい格好で」

「あんたこそ、何してたの。人様には大事な試合だとか何とか言って、自分の仕事はしてたの？」

「質問に質問で返すな」

「すみません記者席にそろそろ行きたいのですが」

睦月が振り向くと、そこにエッティが立っていた。

「あー、別嬪さんじゃない。隅に置けないねえ睦月君。で、鼻の下伸ばさず、大事な試合の仕事はできたの？」

からかう美香に、思わず声が出る。

「ち、違う、大事な案内だ。お前こそ、パートナーだか彼氏だかはどうした？」

「な、な、何よそれ」

ボランティアの三田さんの誤解が、思わぬ伝言ゲームを生んだ。

「この方はどなたですか？」

事態が飲み込めないエッティに、睦月は、

「あちこちに突撃して問題を起こすジャーナリストだ」

と尾ひれをつけて伝えた。美香が英語訳を全部わかるとは思わないし、とりあえずエッティには危険人物だと思わせておきたかった。しかし……。

「かっこいい！　アクティブな記者さんですね！」

「アクティブって言った？　あたし、もしかして褒められてる？」

「そうじゃないエッティ。褒められたもんじゃないんだ。お前も調子に乗るな！」

「うるせえ静かにしろい！」

通りがかったゲンさんの一喝に全員「すみません」と声を揃えた。

＊

「で、なんであんたが隣なの」

「こっちの台詞だ。後から来ておいて文句を言うな」

ゲンさんの一喝で騒ぎが収まったはずが、デルタスタジアム杜都メインスタンドの記者席で、また美香と睦月が揉めている。

優勝が決まるかもしれない一戦ということで、首都圏からのメディアも数多くデルタスタジアム杜都を訪れていた。日本代表の監督とスタッフが視察に訪れることで、Nリーグ担当とは別の、日本代表番記者もいた。そして何より、このスタジアムをホームとする、地元メディアも数多くいた。

メインスタンドにある記者席は、普段ならば空席もあるのだが、この日はほぼ満席だった。報道各社の席は指定されている一方で、フリーランスの記者は「フリー」とだけ書かれているエリアから早い者勝ちで空席を探さなければいけない。

美香は辞表覚悟で、杜都テレビではなくフリーのパスで勝手に取材申請をしており、それを律儀かつ厳格に広報担当の米倉が受け付けたため、フリーランス用の席にしか座れない。

杜都テレビの指定席は、既に篠玲美以下スタッフで埋まっていた。美香の入りこむ余地はない。そしてフリーランス席は、三人掛けの机つきの席が少し残っているのみ。例によってスクープ作戦で頭がいっぱいだった美香は、座席の確保などしていなかった。慌てて空いていた三人掛けの左端に飛びこんで胸をなで下ろしたところ、よく見たら中央に睦月、右端にエッティが座っていた。もともとミヒャエル用に席を確保するはずだったのだが、彼は気が変わったらしく写真撮影用のビブスに着替えて、ピッチに降りて行ってしまった。

「一人分場所取りをしなくていいと思ったら、これだ」

「これ、って何よ」

「だいたい試合の準備はしてきたのか？」

あらためて先発メンバー表を見て、美香は箭内が先発を外れたこと以外にもいろいろ変化があったことに今更気付いた。

「何これ。フォーメーションとかどうなってるの」

「何のために今週の練習取材をしていたんだよ。変わるんだよ」

「すみません何の話をしていますか」

二人のやりとりがわからず、英語でエッティが問いかけた。

「ちゃんと試合そのものを見ろ。来季どうこうより今の試合が大事なんだ」

「そんなことわかってるってば。ご講釈ならそのヘンリーさんだっけ、初めてのお客さんにしてあげればいいじゃない」

お似合いなんだから、と美香は続けそうだったが、それは呑み込んだ。

「ヘンリーじゃなくてヘンリエッタだ。それに、エッティはお前より戦術とかはずっと予習が進んでいるぞ」

「何その比較。それにエッティって誰よ」

「ええっと、もしかして私が話題になっていますか？　ヘンリと呼ばれたこともありますけど、『エッティって呼んでください』ってヨシカさんに訳してもらえますか？」

睦月は渋々訳した。

「いい感じの人じゃない。私は『よっしー』と呼んでいいからね」

睦月は大雑把に訳した。

「よろしくお願いします。格好いい日本の記者に、いろいろ楽しいことを教えてもらえれば」

このエッティは他者に対して実に好意的だ。睦月は、美香も彼女に認められているのが今ひとつ気に入らないので、説教に戻った。

「それで、試合の注目点はわかっているのか。ほら、出場停止の郷田のぶんも、和久井が結果を出せるのかとか」

「だからわかっているってば。でもあの和久井って選手、全然メディアにしゃべらないじゃない。少しチャラいけどよくしゃべる弥田のコメントから少し分けてあげたいくらい」

「あと先発に入った井田はどうだ。練習取材でコメントは取ったのか。そこを忘れていちゃあ、フリーでやっていくのは難しいぞ」

「うるさいなあ、試合とかエッジちゃんの案内に集中してよ」

「エッティだ」

「えっと二人とも、もうそろそろ始まりそうですよ」

＊

記者席でそんなやりとりが展開されている一方で、その下、試合が行われるピッチレベルでは、入場を前にした選手たちが整列していた。

「へっくしゅん」

無口な和久井が、割とかわいいくしゃみをした。

「なんだ和久井、ここに来て風邪か？」

杜都キマイラスの選手列先頭に立つ、キャプテンの夏目優作が振り返る。

「……何でもないっス」

「しゃべったと思ったらそれか。でもいつも通りといえばいつも通りか。緊張はないな」

無言で頷く和久井。夏目は安心してピッチの方に向き直ろうとしたが、和久井の後ろに並んだ弥田涼が、何だかキョロキョロしている。彼はいつも入場前に自身のＳＮＳ用の自撮りをしてから、スマートフォンを広報スタッフに渡して入場する。

「なんだ弥田、さすがに大一番の今日は自撮りしないのか。……どうした、何か気にしてるのか」

「い、いや、何でもないです優作さん」

「まさかいつもチャラいお前が緊張とか」

「だ、大丈夫です。いつものアレがないだけで」

「いつものアレ？」

「あ、いえ、その……自撮りのことです」

夏目は納得してそれ以上聞かなかったが、弥田はまだ視線を泳がせ何かを探しているようだった。

ピッチ入口に向かってキマイラスの面々と反対側に伸びているのが、対戦相手にして優勝候補・阿知美セイバーファングスの選手たちだった。

「ああこら、まだピッチに入っちゃ駄目。落ち着きなさい」

血気盛んなブラジル人FW・トゥバロンが、志津理仁主審に静止されている。

「トゥバ、始まってもいないのに熱いなあ……」

倉持はそう言いながら、ピッチの方に目を遣る。

「あっちも熱いなあ……あついというよりうざいなあ……せめて試合中にはおとなしくしてくれないかなあ」

自身に沸いているイングランド行きの噂を嗅ぎつけたマスコミが、入場前で待機している時点でカメラを向けている。周囲の熱さに呆れているうちに、倉持自身は冷静さを増しているようだった。

その後ろに並んだ元キマイラスの斯波は、

「試合が始まったらまた、ブーイングかなあ……いや、入場の今からかなあ……」

と、怯えていた。

それぞれの思いが交差する中、選手入場の時が来た。

「さあ、両チーム、選手の入場だあ！　やばーいダヴァーイ！！」

リーグ公式のアンセムが鳴り響き、審判団に先導され、選手たちがピッチに向けて歩き出した。

優勝を目の前にしたアウェイチームと、最終節を前にまだ1部残留が決まらないホームチーム。スタジアムＤＪが煽らなくとも、十分〝やばい〟チーム同士の対戦が、始まろうとしている。

「松島さん、両者とも気合いが入った表情ですね」

「はい、七尾さん。気の高まりを感じます」

「緊張感が伝わってきますね」

「ええ、こちらもピリピリしそうです」

この試合を実況する七尾理アナウンサーと、解説の元日本代表・松島英治は長年コンビを組んでおり、この大一番も任されている。良く言えば安定し、悪く言えば派手さもなく変わり映えのしない掛け合いで、七尾アナの言葉を松島がほとんどそのまま返すときは、二人の調子がいいときだとファンの間で指標にされている。

「さて、両チームの順位をおさらいしましょう」

「優勝に王手のチームと、残留崖っぷちのチームですね」

「全国的な注目が集まる首位の阿知美は、前節までのリーグ戦33試合を終えて19勝10分

4敗で勝点67。2位の洛沖が勝点66で追いかけています。優勝候補はこの2チームに絞られているわけですが、洛沖が最終節で3位の春間と戦うのに対し、阿知美は力の差がある相手との対戦」

「引き分け以上は固そうですが、狙うのはあくまで勝点3でしょうね」

「エースのトゥバロンがここまで21ゴールで得点ランキングトップタイなど、好材料多し。チーム全体としても、前節に4－0で勝利と勢いがついています」

「隙なしですね」

「一方、杜都は11勝6分16敗。勝点は39、残留圏ぎりぎりの14位です。しかも前節、杜都は勝ったもののＤＦの柱である郷田が退場、今節は出場停止です。勝点差わずか2で追う15位の新田奈は13位で勝点40の冷張佐と対戦、力の差はあまりないだけに、この最終節で勝点3を上積みする可能性は低くない。その場合、杜都は得失点差で新田奈を下回っているので、引き分け以下では追い抜かれてしまいます」

「厳しいですね」

スタンド記者席で、原稿執筆用に広げたＰＣを通じてインターネット放送を視聴していた美香は、片耳につけたイヤホンから聞こえる実況の声に苛立ちを覚えていた。

「何この実況。ここは杜都なのになんでそんな阿知美贔屓なの。こっちのことは力の差とか出場停止とか、ネガティブ情報ばっかり」

「全国放送なんだから、優勝争いの方に注目するのは当たり前だろ」

そう言いつつ、睦月も内心イラッとしていた。だが七尾アナは公正中立を心がけているだけであって、地元の杜都への愛情を持って実況や取材をしていることは知っている。彼も、我慢しているのだろう。杜都が勝利、いや、ゴールでもすれば正直な叫びのひとつでも聞けるだろう。だからその苛立ちを口に出さなかった。

「おまけにこの解説、アナの繰り返しばっかじゃない。もっと言うことあるでしょ」

「文句ばかり言っているなら、モニターを見ていないで目の前の試合に集中しろよ」

「その目の前の試合で、何かプレーで見逃したときに確認しないといけないじゃない」

「リッターも元気そうですね。あ、キューちゃんも試合前のチーム写真に入るんですね。かわいいい！」

エッティは二人のやりとりなど構わず、相変わらずスタジアムそのものを楽しんでいた。

「見ろよ初めて来たにもかかわらず、マスコットグッズまで身につけるこの杜都愛。見習え。お前は何だ、そのわけわからないお守りみたいなのは」

拾い物だ、とは言えなかった美香だが、場内の熱気にあてられたように反撃する。

「あれ、普段報道は公正中立がどうとか、試合そのものをもっと取材しろ、余計なものを見るな、とか言ってなかったっけ？」

睦月が怯んだところに畳みかける。

「それで、キマイラスのフォーメーションはどうなってるの？ここにきていじってきたの？」

「睦月さん、キマイラスのシステムは変わったのですか？」

二ケ国語で左右から同じ質問が同時に来た。

少し斜め後ろの記者席から、篠玲美がその様子を見ていた。

「よっしー先輩のテーブル、何だか楽しそう……」

*

「さあ、大一番が間もなく始まりますね」

「キックオフが近いですね」

実況席の七尾アナと松島解説員は、淡泊な説明ながら、もう身を乗り出している。

「杜都キマイラス！　杜都キマイラス！」

「阿知美、阿知美、セイバーファングス！」

笛を吹かれる前から、両チームのサポーターは大音量で戦いを始めている。円陣を組んだ両者は、それぞれのキャプテンの号令のもと、気合いの声を発し散開したが、その声はサポーターの大声援の中ではほとんど記者席まで聞こえなかった。

杜都のキャプテン・夏目はゴールキーパーであるため、最後尾のゴールに下がる。問題は、他のフィールドプレーヤーの配置だ。コイントスの結果、普段どおりこのスタジアムのホームサポーター側、つまり記者席のあるメインスタンドから見て左の陣内にフォーメーションを展開する。

足柄監督は就任以来4－4－2、しかも〝中盤ボックス型〟と呼ばれる、分解すれば4－2－2－2と言える形を採用していた。守備時には中盤の4人が横一列になって文字通りの4－4－2となり、自陣に引いて三段構えの守備陣形を組む。カウンター攻撃時は2－4－4の形になり、ロングパスと走力で勝負した。

ただし、4人ずつ二列で作る中盤とＤＦのラインを最近は強引なドリブルや壁パスでこじ開けられるパターンでの失点が続いているため、改善が求められていた。しかも前節に守備の要でセンターバックの郷田が退場して出場停止。その代役の和久井だけでなく、ここにきて井田隼人も抜擢され、守備的ポジションに入れ替わりがあった。連係面での不安も否めない。

そんな杜都のフォーメーションは……

「おっと松島さん、杜都はフォーメーションを前節から変えてきました。先程の先発メンバー発表では私たちは4－4－2とお伝えしましたが、どうやら……」

「3－5－2ですね」

この一戦で、足柄監督は勝負に出た。就任以来、先発では初めてこの形を採用。3バックは中央にリヒテンシュタイン代表のリッターが入り、左に金平、右に和久井。中盤の底はフェロー諸島代表のヤコブセンと北川、左サイドに韓国人のチェ、右に若手の井田。トップ下は西嶋、2トップが弥田と北マケドニア代表のミトロフスキーだった。

「ええええっ、これ、3バックじゃない。どうなってるの」

記者席では、美香が驚いていた。既にキックオフのホイッスルは鳴っている。それと同時に、エッティもあらためてフォーメーションについて睦月に問うた。

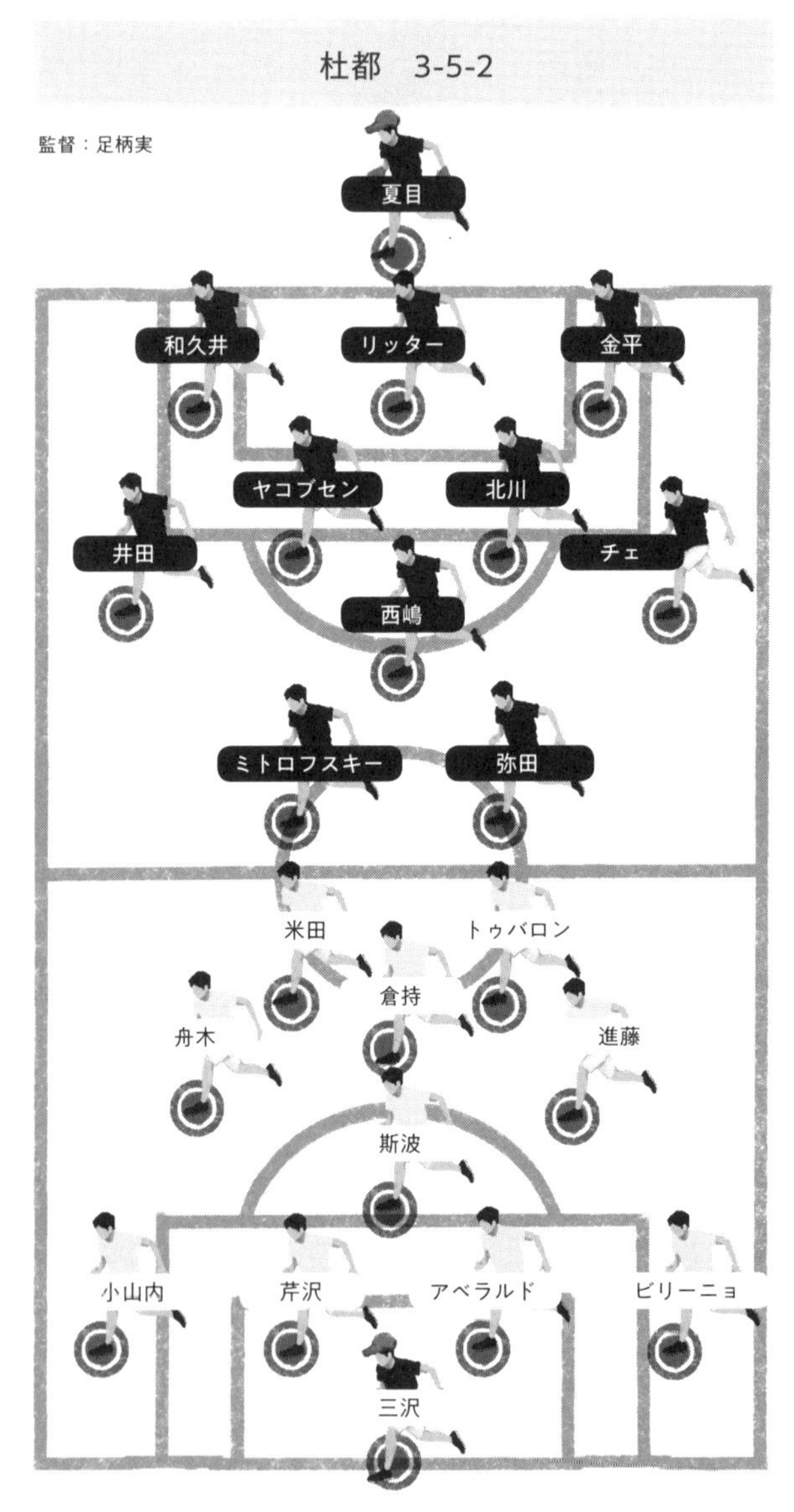
杜都　3-5-2
監督：足柄実
夏目
和久井
リッター
金平
ヤコブセン
北川
井田
チェ
西嶋
ミトロフスキー
弥田
米田
トゥバロン
倉持
舟木
進藤
斯波
小山内
芹沢
アベラルド
ビリーニョ
三沢
監督：ゲラエストラ
阿知美　4-4-2

「やはり二日前の紅白戦で途中から試していた3－5－2か。多分前日の非公開練習ではずっとこれでやっていたはずだ。これなら、今キックオフから変わったように、両サイドのチェと井田が下がって5バックになり、最終ラインは5人一列でスペースを消せる。阿知美は相手が4人ずつのラインなら、サイドバックを上げて数的優位を作って5人の連係でその4人の間を崩していくが、杜都はこれで5対5の状況にまず持ち込んでレーンを閉鎖、阿知美に連係される前に、確実に1対1の形のうちに相手を潰して……」

まずはエッティを優先して英語で説明を早口で捲し立てるが、エッティは顔にクエスチョンマークをつけていた。

「何早口でわけ分からないこと言ってんのよ。要するに見た感じ、相手が攻撃に人をかけたら、こっちも守りに人をかけやすくするフォーメーションに変えたってことでしょ。どう？」

「よっしーさんはなんて言いましたか？」

睦月は渋々訳した。

「ああ！　わかりやすいですね」

表情から、エッティが理解したことを美香は察知した。

「でしょ！　任せて。そこのいいとこ見せようとした奴の説明より頭に入るでしょ」

睦月は面目が消失した。この言葉を訳さなかったのが彼のせめてもの意地だった。

ピッチに目を向ければ、だんだん杜都が押される展開になっていった。もともとの実力差を考えれば、別にこの試合でホームチームの方が押される展開になってもおかしくないのだが、こういった大一番では捨て身の全員攻撃や、後先考えない高い位置でのプレッシャーをかけることを杜都が選んでもおかしくなかった。この、異様なまでにハイテンションのホームスタジアムでは。

しかし、足柄監督は押される展開を望んでいるようだった。それくらい、開始5分で杜都の選手はほとんど自陣でプレーするようになった。

3－5－2でスタートしながら、杜都キマイラスは両サイドの井田とチェが下がり、睦月の説明と美香の咀嚼のとおり「守備に人数をかける」状態に。5－3－2と表現した方が正しかった。

相手の阿知美セイバーファングスが強者と言われる理由のひとつは、立ち上がりの時間帯に相手の様子を見て、それに応じて攻撃的、守備的、いずれかのゲームプランを的確に選べること。特に、ブロックを固める守備で相手を焦らし、隙を突く形が得意だった。

そしてこの試合で、彼らは杜都にボールを〝持たせて〟みて、どこかギクシャクしていると見るや、攻めにかかったのだった。

杜都はもともと、攻撃陣に長身の選手が少ないこともあり、地上戦でのカウンターを得意とするチームだ。だがこの日は、後方に人数をかけているため、攻撃に切り替えたときには前方の人数が普段より足りない。ボールを持ったときは、前線をめがけてハイボールを放りこむ形を、優先順位の第一とした。

この日、杜都は弥田とミトロフスキーが2トップを組んでいた。ミトロフスキーは１８９ｃｍと長身だが、実際のところは長い足と高い技術を生かして地上戦で〝しかける〟タイプ。しかし大型ＦＷがレギュラーにいない事情から、この日はトップに起用された。とにかく相手からボールを奪ったらミトロフスキーにハイボールを放りこみ、頭で競り勝つか、強引に足下に収めるかさせて、後方支援を呼び込もう。弥田はその周りをとにかく動き回り、相手を引きつけるなりこぼれ球を押しこむなりなんとかしよう。それが足柄監督の〝奇策〟だった。

これはギャンブルでもあった。守備が持ちこたえられればいいが、阿知美にはドリブルなど個人技で突破できる選手が揃っている。中盤を菱形にした4－4－2を長らく組んでいる阿知美では、特に中盤の底に入った斯波と、トップ下の倉持のキープ力が高い。

そのため、杜都はなかなか、自分たちがボールを持つ時間を作れない。

ボールをなかなか取れないからこそ、むしろ思い切って相手に〝持たせる〟形に割り切った、ということなのかもしれない。その証拠に、開始5分で劣勢に陥っても、足柄監督はベンチに座ったまま動じていないようだ。一方、断然優位に立っているはずの阿知美のゲラエストラ監督は、早くも守備的な相手を崩せないチームに苛立っている。

「何をナーバスになっている！　アイディアとパワー、テクニックを駆使すればその壁は破れる！」

この大観衆の中でも、敵将・ゲラエストラ監督の声が杜都ベンチにも届いてくる。相手はピッチ上の展開では圧倒的優位に立っているのに、ベンチが焦っている。

「ならば、我々が心理的には優位だ」と、杜都の足柄監督は、泰然自若の体だった。早めにテンションを上げ、試合直前のミーティングは割とあっさり。円陣のときだけ、思いっきり声を出し、緊張を解いて選手を送り出した。

押されることも想定の範囲内、焦ることはない……はずなのだが、どうもプレーしている選手たちは、自分ほど落ち着いていないようだ。

「大一番特有の緊張はとれても、慣れない戦術を実践するぎこちなさ故に、プランどおりに進められていても落ち着けないということなのか……」

心の声は、出さない。出しても、声援にかき消されるだろう。せめてこちらが無闇に立ち上がらず、どっしりしていることで、「焦れないように」というサインを送ろうと指揮官は考えた。

「もう一発、駄洒落を言って送り出せば良かったかなあ」

と独りごちながら、まずは無失点を目指すが、1失点で前半を終えても仕方がないかな、と、割り切っていた。

一方の選手たちは、開始15分にして劣勢続きで、落ち着くどころではなかった。後方に人が集まっている分、相手にペナルティーエリア内への進入は許していないが、阿知美はそういうときに何をすべきかを知っているチームだ。舟木というミドルシュートが得意な選手が、遠目の位置から強烈な一発を撃ってきた。

だがこれはコースに入った和久井の頭に当たり、上に跳ねる形になって勢いを失った。キーパーの夏目は、これを難なくキャッチ。

「ナイス、キリト！」

キャプテンの声に、無言でうなずく和久井。

「キリトさん、こういうときは吠えるとか何か、お願いしますよ……」

同じ右サイドの井田は、プレーは頼もしくも気合いのアクションに乏しい和久井に、内心ヒヤヒヤしていた。彼が右でフリーになって後方からのパスを要求しても、反応がないので声が届いたのかわかりにくいのである。

＊

「ああもう、押されっぱなしじゃない。実況もセイバーファングスの選手の名前しか言わないし」

片耳にしていたイヤホンを外しながら、美香はこの展開を嘆いた。ＰＣモニター内の試合中継を表示するウィンドーを縮小し、代わりに拡大したウィンドーで同時刻キックオフの他会場速報に目を遣る。15位の新田奈と13位の冷張佐は、まだ０‐０と動いていないようだが、どちらが有利なのかはわからない。

「いいんだよこれで。焦ることはない、無失点なんだから」

と言いつつ、睦月は早く杜都キマイラスに先制してほしい気持ちでいっぱいだった。

目の前の試合がスコアレスドローで終わった場合、杜都は勝点1を加え、シーズン通算では40に。しかし他会場の新田奈が勝つと、彼らは37に勝点3を加え40で並ぶ。そうなると、前節終了時点で得失点差マイナス17の杜都は、同勝点ながら得失点差マイナス14の新田奈に抜かれてしまう。他会場の結果はどうにもできない以上、やはり杜都は自力で残留を確実にする結果を出さなければならないと、睦月は見ている。

しかし、このスタジアムでの試合は、杜都が押されっぱなしだ。最終ラインが連係を欠いているのがわかり、特に右サイドの井山と和久井は動きがギクシャクしている。5人で形成する最終ラインがそろわず、オフサイドもここまで取れていない。先程の相手のミドルシュートは和久井が防いだが、それだけで守り通せるとも思えない。

救いは、最も怖い相手エース・トゥバロンを、最終ライン中央に入ったリッターがマンマーク気味でしっかり押さえていることか。彼がボールを奪って、的確なロングフィードを送ることができれば少しは楽になりそうだが、〝エース番〟の役割に忙殺されており、ボール奪取やフィードは、カバーに入った他の選手が担っているのが現状だ。

「リッターからはパスが出せないのですか？」

エッティからの質問がいいタイミングで来たので、睦月は5バックの連係のところか

ら長々説明を始めたが、

「リッターはあの怖そうなＦＷにかかりっきりだから」

という美香の割り込み説明で、片をつけられた。それも、律儀に訳した結果だが。

それにしてもこのヒヤヒヤする展開の中で、エッティは杜都の選手たちができることを探し当てるように質問をしてくる。特に多いのが、

「さっきのプレー（Last play）の意図は？」

というものだった。その度に睦月は長い説明をし、あまり通じず、美香の簡潔な割り込みで納得してもらう、という流れが開始20分でパターン化してしまった。

しかし、このやりとりをしているうちは、勝敗による勝点変動がどうとか、失点したらどうしようとか、という雑音が脳内に響かなかった。目の前のプレーを見ること、感じることができている。

問題は、一方的に押し込まれているように見える試合展開だ。杜都の選手たちは、長い間、人もボールも、自陣から出すことができていない。

「リッターの名前がよく呼ばれていますね」

とエッティが指摘するように、相手のエースを押さえているリッターの健闘を称え、

杜都サポーターの声が、背中を押す。押すのはいいのだが、リッターに限らず、この時間帯でサポーターが呼ぶのは、よく聞けばDFかGK夏目の名前ばかりだった。

前線では2トップが困惑している。臨時のターゲットマンとなったミトロフスキーは忠実にロングボールを待っているが、久しくここまでボールが飛んでこない。下がってボールを受けるという手もあるが、そこで受けられたとしても二次攻撃はしにくい。そして、ミトロフスキーにボールが入らなければ、その周りを衛星的に動くはずの弥田にも、スイッチが入らない。

では、トップ下の西嶋はどうしているのだろう。

彼は、自陣での守備で手一杯だった。3－5－2でスタートしながら、前半を守備重視で戦うために5－3－2となった杜都のフォーメーションで、西嶋は中盤の〝3〟の中央で相手の猛攻に対処しなければならなかった。中盤の底、DFに近い位置にはヤコブセンと北川が並んでいたが、彼らだけでは足りなかった。ヤコブセンは体が強く、ボールを奪う力が高いのだが、その守備面での長所とは裏腹に、攻撃参加をしたがる。北川は逆に攻撃向きの選手だが、戦術を忠実に守るため、不慣れな守備にも汗をかく。

この極端なコンビの間に入り、西嶋はバランスを取らなければならなかった。

「前半30分経過。杜都は押しこまれています。本来は二列目のポジションにいるはずの西嶋も、自陣深くで守備に追われています」

「今はフィールドプレーヤーの後ろから二列目ですね」

実況席がそんなやりとりをしていたことを知ってか知らずか、西嶋は前線にパスを供給するどころか、ボールにすら触れない自分に苛立っていた。両脇のヤコブセンと北川とバランスを取りながらスペースを埋めなければいけないし、自分とマッチアップする相手選手のケアもしなければいけない。相手トップ下ながら自在に動く倉持も厄介なのに、相手の中盤底に位置する斯波が手強い。

斯波が杜都にいた頃から、その足下の技術や、何気ないパスを確実に通す力は、西嶋も認めていた。斯波と二人で、三列目のコンビを組んだこともある。

「ただ、斯波はまだ力を発揮できていない」

西嶋は斯波のことをよく知っているだけに、この日の彼がまだどこかおかしいことを感じていた。それは、杜都が守りを固め、阿知美が攻めあぐねているという焦りから来ているものかというと、違う……それが、西嶋の勘だった。

「あいつは阿知美に行って、もっとうまくなっている。だが……気弱なのは、相変わらずだ」

杜都の守備陣に引っかからないように、斯波は確実なパスを出して攻撃を続けている。しかし、思い切ったスルーパスは出していない。また、中盤の底から彼が前に出るだけで、阿知美は攻撃に厚みが増すのだが、出てこない。ミドルシュートも打ってこない。

優勝争いのプレッシャーも、あるのだろう。斯波にとってそれは、初めての経験だ。だがそれ以上に、このデルタスタジアム杜都、かつてホームだった場所ゆえのプレッシャーがかかっている。おまけに、杜都サポーターは、試合途中から斯波がボールを持ったところでブーイングを始めた。ますます縮こまったようなプレーが続いた。

西嶋にとっては助かっているが、この大一番、全力での勝負でそれでいいのか、という疑問もある。しかし、

「勝負だからこそ、好都合は利用したい」

という気持ちに落ち着いた。そう考えると、斯波が出てこない分、自分が思い切って上がるチャンスは増えると思えるほど、落ち着いてきた。

西嶋は、対面する倉持がサイドに流れたことで、眼前の敵が斯波一人になったことを確認した。あとはいつ攻め上がるかというところだが、思わぬところでそれは訪れた。

阿知美の左ＭＦ舟木と、杜都の右センターバックの和久井が激突。ボールがゴール前の中央にこぼれた。これがトゥバロンに渡れば大ピンチだったが、先にリッターが確保。

「隼人！　ダイレ！　直接いけ！」

リッターは正面に目の血走ったトゥバロンが突進してくるのを見ると、追いつかれる前に右方向を向き、右ウイングバックの井田隼人が動き出していたのを認めた。小国に生まれ、数ヶ国のリーグで戦ってきたリッターは、来日時点で５ヶ国語を話せるようになっていた。そして前所属のチームで簡単な日本語を覚えており、杜都では日本語というか日本語的な言い回しも操れるように。試合中の指示も日本語で、井田への咄嗟のコーチングもまた然りだった。

先発に抜擢されながらここまでいいところがなかった井田にとって、待ちに待ったパスだった。リッターから右斜め前方に飛んだボールの着地点に走りこむタイミングもばっちり。あとはこれを、指示通りゴール前にダイレクトで放りこむつもりだった。

ところが相手左サイドバック小山内がこれに気付き、素早くプレッシャーをかけてきた。「あっ、しまった」ゴール正面へのロングボールが左にずれ、サイドチェンジのような形になった。

ところがこれを、逆サイドから攻め上がってきた韓国人左ウイングバックのチェがトラップ。彼は攻め上がるスピードを欠くが、クロスが得意だった。左サイドからの速く、鋭いクロスはゴール前のミトロフスキーへ飛んでいった。

ミトロフスキーは相手ＤＦとの競り合いに勝ち、ゴール前にボールを落とした。

……が、そこにいるはずの弥田がいない！

代わって、ボールが落ちた先に走りこんでいたのが、今こそ攻め上がった西嶋。思い切り脚を振り抜いたが、これは相手ゴールキーパー三沢の手のひらに当たった。

「しまった！……あ？」

西嶋が嘆く間もなく、球がこぼれたところに弥田がいた。相手ゴールキーパーは体勢を立て直していない！

倒れながらも必死に手を伸ばす、阿知美ゴールキーパーの三沢。しかし、届かない。今まで何をしていたかわからないが、とにかくこぼれ球に詰めるべきポジションに弥田はいた。

あとは、蹴りこむだけ。

ところが、豪快に打ち上げてしまった。

何とか杜都サポーターの中心部は応援歌を続けているが、至近距離のシュートをクロスバーの遙か上に弥田が蹴飛ばしてしまった瞬間は、スタンドの多くが嘆き、どよめいた。

これには楽天家の足柄監督も、頭を抱えた。

「なんということでしょう！」

「信じられませんねえ」

ありきたりのコメントではあるが、実況席の二人も実は頭を抱えていた。

そして、スタンドの記者席でも、美香のテーブルは三人揃って頭を抱えていた。

「何何何、今の何!?　もうあれ、〝ごっつぁんゴール〟の形じゃない？　弥田のゴールって、そんなのばっかじゃない？　どうなってるの？！」

「落ち着け、シュートチャンスはまだあるんだから黙ってろ！」

だが杜都にとっては、ようやくこれがこの試合最初のシュートだった。一方で、被シュートは前半35分を過ぎて6本に及び、その6本目をなんとか防ぐ。

「ああ、今のリッターのブロックもいいですね」

エッティは常に良いところを見ているが、直後にもう1本際どいのを打たれたことで、被シュートカウントは7に増えた。

だが、先程の弥田のシュートミスに到る流れがあってから、杜都の選手も少し攻めの機を見出せるようになってきた。その大半は、苦しまぎれのロングボールではあったが。

「シュートまではいかないけれど、前にボールを運べるようになってきたな……」

睦月が誰に聞かせるともなくつぶやいたところ、杜都が自陣からテンポよく縦パスを2本つなぎ、ドリブルで運んだ西嶋がスルーパス。弥田の反応は少し遅れたが、どうにかオフサイドにかからず相手最終ラインの裏に抜けた。飛び出したゴールキーパー三沢と、一対一。

「決めろー！」

思わず美香が声を出すと同時に、弥田は当たり損ねのシュートを、相手ゴールキーパーにぶつけてしまった。

「ああー！？」

思わず頭を抱える美香。でも今回は、視界がシュートミスした弥田だけでなく、その周辺の選手、そのまた周辺のベンチ、さらにはスタンドの人々まで広がっていた。その中に、頭を抱えてしまっている自分が、いる。

「あの人たちと、同じことをしていた……」

同じ席の二人が気付いていないうちに、気を取り直して元の姿勢に直る。記者である

自分がそんなに感情的になっていいのかという疑問も頭を巡ったが、それ以上に気になったのは、

「これまで、そういうところまで見ていたっけ……」

ということだった。〝そういうところ〟とは、プレーの局面だけでなく、もっと広い、スタジアム全体を見渡す視点だった。

応援歌が響いていても、とんでもないシュートミスに客席で様々なリアクションをしている人がいても、いつの間にか、美香はそれらをプレーと切り離していたことに気付く。隣でいつも「余計なことを見るな、プレーに集中しろよ」とか説教をしてくる睦月だって、頭を抱えるやら叫ぶやら、するではないか。

勿論冷静に記者の職務は追求すべきで、自分はスクープを諦めていないから尚更だ。ただ、このデルタスタジアム杜都にいるのは、プレーする者も、采配を振る者も、応援する者も、どちらの側にも肩入れしない者も、報じる者も、運営する者も、みんなみんな、感情のある人間なのだ。

なぜかそんな大層なことを美香が思い浮かべたところで、また阿知美が決定機を作った。阿知美の2トップは、杜都の守備陣によって辛うじて押さえられている。トップ下の

倉持はミドルシュートのコースも塞がれたので、できればトゥバロンとポジションを入れ替えようとしたが、生憎向こうは相手ＤＦとの肉弾戦にムキになって、こちらが全く見えていない。そうしているうちにボールを受けた倉持は、バックパスを選択した。

倉持からのバックパスの先には、斯波がいた。彼はこれを受け攻撃を組み立て直そうと思ったが、倉持からのボールの先に斯波がいると見るや杜都サポーターが一斉にブーイングを始めたので、「来るなー！」と思わず叫び、思い切り脚を振り抜いてしまった。ブーイングの声ごと蹴り飛ばしたような斯波のシュートはジャストミートし、杜都ゴールの枠を捉えていた。しかしここは杜都ゴールキーパーの夏目が指先でコースを変えるファインセーブ。コーナーキックとなった。

両チームが入り乱れるゴール前。だが倉持が蹴った阿知美のコーナーキックは、それを飛び越えて逆サイドに流れていった。

「……！」

和久井がその先でフリーになっている選手に気付いたが、近くにいた井田に声を出して指示するまで、時間がかかってしまった。

遠いサイドで折り返されたボールは、中央でフリーになっていた阿知美ＤＦの芹沢に押しこまれた。

歓喜に沸く、阿知美ベンチ。そして、ゴール裏の阿知美サポーター。先制点はアウェイチームがもぎ取った。攻めあぐねていても、膠着状態になっても、セットプレーは試合を動かせる。強者はその真理に従ったまで。

無失点で試合を折り返すという杜都の目論見は、前半41分で外れてしまった。

「ごめんなさい、俺がついていれば折り返されなかった」

井田が夏目らに謝罪する。

「……」

和久井も何かを言いたそうだったが、何と言ったらいいかわからず、言葉になっていなかった。

「まだだぞ！　まだ前半！　まず追いつくぞ！」

そこに夏目の声が響いた。このキャプテンは和久井や井田に駆け寄り、肩や背中をポンと叩く。言っていることは記者会見でのコメントよりも簡素で、ありきたりとも言えるが、この状況で、その声で発することに意義がある。

失点は痛いが、ここでガタガタと崩れるわけにはいかない。隙を作れば、百戦練磨の阿知美セイバーファングスは確実にそこを突いてくる。90分＋アディショナルタイム、ラストプレーまで力を尽くす。その姿勢を表に出すキャプテンは、味方にとって頼もしい存在だった。

「……すみません、キャプテン」

「いつもの〝ユウさん〟でいい。試合が終わるまで、悔やむよりも次にどうするか考えろ。あと和久井、声は出したいと思ったときに出せよ」

＊

ついに喫した失点に、メインスタンドではため息も漏れてきた。ゴール裏などのサポーターは失点にもめげず、すぐに「杜都キマイラス」コールを送ったが、少し離れた席のサポーターは、トーンが落ちていないか。美沓はメインスタンドの記者席で、周囲の様子から感じ取っていた。

美香本人はピッチ上にでも乱入して選手の心境を聞き出したいところだったが、さすがにそんなことはしない。おそらく、先程イヤホンを外して見るのをやめた試合中継では、ピッチ上でリポーターの立石明日菜がいつも通りハキハキ伝えているのだろう。

美香が隣に目線をチラリとやれば、相変わらず睦月が英語で長ったらしい解説をしているようだが、またそれを制しようとは思わなかった。

むしろ、ピッチ上の、今の選手の表情が気になった。気落ちしそうになっている味方を励ます夏目は頼もしいが、ベンチから立ち上がって何やら鼓舞しているベテラン・箭内の姿もまた、頼もしかった。やはり彼は、来年も必要なのではないか。

美香は、チームに対して何もできないことにもどかしさを感じていた。

サポーターは、コールや応援歌を届けられる。自分は肩入れしつつも、冷静に試合を見なければいけない立場だ。

自分にできること、すべきことと言えば、伝えること。そのために駆け回ってきたし、杜都テレビの人間だろうが、辞めてフリーランスとなろうが、これからも駆け回るだろう。

「でも、試合中は無力なんじゃ……」

試合前は、このデルタスタジアム杜都の一部のエリアとはいえ、それでも広範囲を駆け回った。散々な目に遭ったし、自分が求めていたネタには突き当たらなかった。でもその間、一体何人と出会い、何度アクションを起こしただろう。でも今は、この記者席から動くことができず、派手なアクションをとることすらままならない。

試合を見ながら頭の中で思いがグルグルしだした美香の隣では、「戦い方が守備的すぎるんだよ。引き分けじゃ危ない、勝たなきゃ安全圏に入れないんだから、ビハインドなら攻めないと」とかゴチャゴチャ言っている男が座っている。エッティはそれを訳してもらって、

「まだ1点ですし、一生懸命守っているからいいじゃないですか」

と、楽観的だ。

「結局、自分にできるのは伝えること。伝えるためにできるのは、今の場所で起きている現象を感じること」

ふと美香の頭に、過去に聞いた言葉が浮かんでいた。

「駆け出しの頃だっけ……誰が言ったんだっけ」

ピッチ上では2点目を狙う阿知美の連続攻撃に杜都の選手が耐え、またコーナーキックに逃れていたので、美香はその言葉の主を思い出そうとするのをやめた。

大事なのは今の状況だ。夏目らの鼓舞もあってチームは戦意を失っていないものの、どこかがおかしい。隣の睦月がさっきから「守備的なのが良くない」と連呼しているように、慣れない戦術でぎこちないというのもあるだろう。先発に抜擢された井田や和久

井も、彼ららしいプレーがなかなか出せていない。だが美香はそれ以上に、

「弥田ってあんなだったっけ？」

ということが、気になっていた。足が速いわけでも、体が強いわけでもない弥田は、ポジショニングだけは飛び抜けて良かった。簡単にボールを蹴りこめる状況に持ち込むのが得意な選手。しかしこの試合は、ミトロフスキーが落としたボールを受ける位置にもいないし、シュートチャンスをつかんだと思ったらありえないミスをしていた。

「けがでもしているの？」と疑問は尽きなかったが、今は相手コーナーキックへの守備の場面だ。弥田のシュートを心配している場合ではない。

今度のセットプレーは、和久井も何やら声を出して周囲と守備配置を確認したことが実ったか、適切に処理。しかしクリアボールが地面に落ちる前に、主審の笛が鳴った。

前半45分終了。０－１で、アウェイチームの阿知美セイバーファングスがリードしてハーフタイムに入った。

引き上げる選手たちの表情は、対照的だった。

リードしている阿知美は、駆けつけたサポーターの声援を浴びながら、堂々とピッチを出る。しかし、浮かれた様子はない。サポーターの横断幕にも掲げられたスロー

ガン『容赦なし』のとおりで、1点のリードだけでは満足せず、後半に確実にしとめにかかろうという共通理解ができているかのようだった。前半無得点のトゥバロンは、何かをわめいているのを味方におさえられていたが。

一方、ホームチームは45分間ですっかり消耗した様子だった。

無失点で前半を乗り切る。そのために布陣を変えてまで守備を強化しただけに、先手を取られてしまったのは痛恨事だ。極端な話をすれば、試合巧者の阿知美は残り45分間、杜都がそうしたように守備を徹底する戦い方をすることもありうる。そうなれば、杜都の攻撃力で攻略するのは難しい……失点時に責任を感じていた和久井や井田は、夏目らの声がけによって落ち着きを取り戻したが、一度タイムアップの笛を聞いてからは、後半に向けた不安がまた湧き出てきた。

だが、それを察知した夏目や箭内といったベテランが、引き上げる間も声をかけている。

指揮官もまた、毅然としていた。

ハーフタイムの前後に、中継用の監督インタビューが行われる。ハーフタイム前にはホームチーム監督が立石明日菜リポーターのマイクの前に立つことが事前に決まっていた。

「1失点で前半を終えました。この事態は想定していましたか？」

「失点したことでね、『何しってんだ！』と怒られるかもしれないと想定はしていました」

呆然とする立石リポーターに、

「後半は想定外の展開にしますよ。『なんだ、この展開からでも勝てんかい！』と言われるように」

と追い打ちをかけ、足柄監督はロッカールームに向かっていった。

そんなピッチの様子を横目に、美香は前半終了後、即座にスタンド記者席を立って控え室に戻ろうとしていた。チームに対して何ができるわけではないが、あの席に座ったままでは落ち着かない。まずは、控え室で水でも飲もうと思った。

スタンドから記者控え室へ行くまでには、一部観客と同じコンコースを通る。美香はその観客たちが、やけにざわついているのを感じた。

強豪相手に1点を先行されてのハーフタイム。重い雰囲気になるのは当然だ。だが、どうもそれだけではない重さが加わっていたようだった。

「2位洛沖、先制してる！」という声が、前の方から聞こえてきた。それは他会場での優勝争いの速報だった。美香は残留争いのライバルのことを思い出し、そちらの速報をチェックした。

15位の新田奈が、先制していた。

14位の杜都の直下、降格圏最上位である15位に位置している新田奈は、ホームに13位の冷張佐を迎えていた。そこでは、どうも前半アディショナルタイムにホームチームが先制したらしい。

一方、杜都は0-1。このままいくと、杜都は勝点39、新田奈は勝利分の勝点3を加えて40。順位は逆転し、杜都が降格圏に落ちてしまう。追いついて引き分ければ勝点1を加えて並ぶが、得失点差では杜都が下回る。

記者室で水を飲もうが、共用テーブルに置いてあったスナックを口にしようが、美香は落ち着かなかった。おまけに、首都圏から来た記者団は、一様に阿知美の優勝が決まったかのような話をしている。

「予定稿の通りだな。あとは喜びのコメントをはめるだけの楽な仕事」

聞こえるように大声で話す記者に、美香はクッキー入りの箱を投げつけて控え室を出た。

「冗談じゃない。こっちを何だと思ってるの」

怒りがおさまらないし、落ち着かないまま歩いているうちに、スタジアムの受付のところまでやってきた。

　すると、受付担当ボランティアの三田が、何やら談笑している。

「いやあ三田さんくらいじゃない、俺の顔を覚えているの？」

「あらとんでもない。去年の今頃いたじゃないの」

　美香にとって、見知った顔だった。

「ええ、三日月監督！？」

「おお石橋ちゃん、久しぶり！　元気してた？」

　杜都の前の前の指揮官、三日月譲がそこにいた。昨季最終戦まで指揮を執り、「クリスタルの城を目指している」という謎の声明を出して退任し、行方知れずとなっていた男だった。

　美香は再会の喜びを表すはずが、

「何やっていたんですか今まで！　杜都はピンチなんですよ！」

という言葉が口をついてしまった。彼の後に急遽就任したバート前監督は成績不振で早々にチームを去り、代わってかつてのコーチ・足柄監督が今はこの鉄火場で指揮を執っている。

「何でここで戻ってきたんですか？」

「いやあ、日本代表候補を見に。俺、最近コーチになったからさ」

「何それ、聞いてない！」

三日月〝新・日本代表コーチ〟の発した情報は、美香にとってあまりにも唐突だった。

「そりゃあ、正式発表、今日だもん。いや、打診は去年の夏ぐらいに受けてたんだよ？　でもさ、やっぱり俺、キマイラス好きだし、最後まで指揮を執りたかったしさ。で、やるからにはしばらく休みと、海外研修の時間が欲しい、って言ったら、それも呑んでくれてさ」

聞かれてもいないことまでばらす、三日月コーチ。彼が杜都の監督をしていた頃には、美香は何度となく貴重な情報をこの調子で手に入れていたのであった。

しかし、感慨に浸っている場合ではなかった。

「その間にここ、どうなったと思っているんですか！　後任はすぐ代わったし、今の今まで残留決まってないんですよ！　クラブ創設25周年、記念の年で落ちちゃったらシャレにならないし、足柄さんだって主力選手だっていなくなっちゃうかもしれないんですよ！」

「そう怒るなって、石橋ちゃん。だから俺、キマイラス好きだって言ってるじゃない。今日も代表に初めて呼ぶ奴見に来たんだよ。監督が急病で来られなくなったからさ、代わりに俺が試合後に発表するの。コーチ初仕事ってことで。今日は出られないけど郷田とか、歳は取ってるけど遅咲きの夏目とか合宿に呼ぶよ」

あんなに欲して、あんなに入手に苦労した情報が、呆気なく転がり込んできた。美香はどうリアクションしたものか、呆然としていた。

「あー何、信じてない？　本当だってば本当。結局、君にできるのはそれを伝えること。伝えるためにできるのは、今の場所で起きている現象を感じること。言ったでしょ何回も」

何だかいろいろなものが美香の脳に流れてきたが、気がつけば三日月コーチの手を取っていた。

「監督、ありがとうございます！　これを私の次につなげます！」

「いやもう監督じゃなくてコーチだってば。それに試合後には発表するのに、そんな大げさなハハハ、で、〝次〞って何のこと？」

「あ、それは……」

「あ、三日月さん、こんなところにいたんですか！」

別の声が、聞こえてきた。

第4部

15：06

後半戦

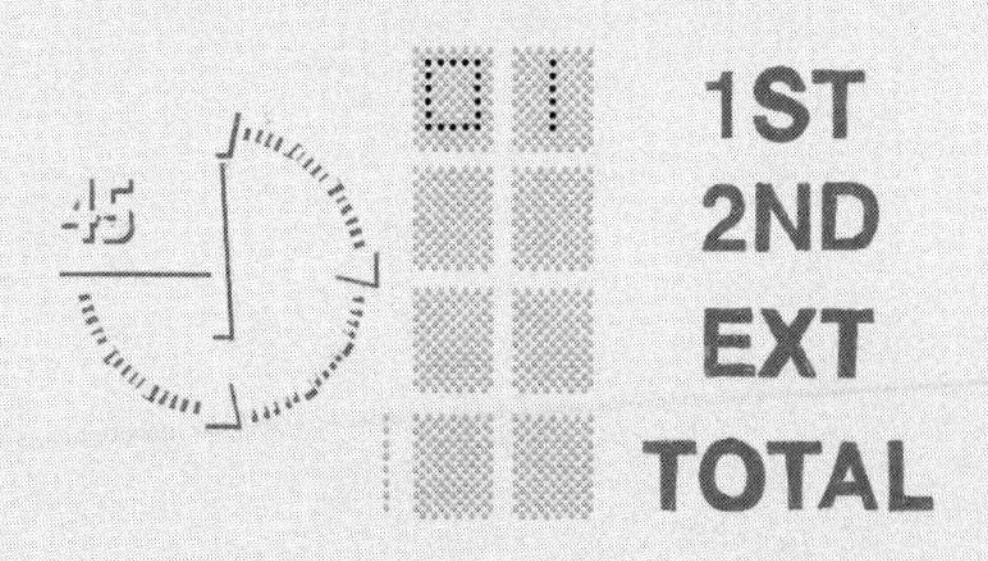

＊

「あ、三日月さん、こんなところにいたんですか！」

三日月コーチを呼んだのは、日本代表の広報だった。

「あーごめん、探した？」

「探しましたよ。発表をハーフタイムに前倒ししました」

「え、今やるの？」

「はい。何でも、代表担当のメディアの方が、試合後は慌ただしいから、記事を出すのは試合後という約束で、三日月コーチ就任の声と代表候補発表を今のうちに、ということで」

驚いたのは、三日月ではなく、美香の方だった。

「ちょちょちょっと、それじゃ今聞いた意味が……」

「あなたも代表番の方ですか？　ちょうどいいです、今ここでやりますからね」

「いやそうじゃなくて」

「俺は別に構わないよ」

「いやだからそうじゃなくて」

「はーい、今から、三日月日本代表コーチの挨拶と、代表合宿メンバーを発表します！メディアの方は集まってくださーい！！」

あっという間に、受付前のホールに記者の人だかりができてしまった。これでは、美香の入手した情報はもう鮮度も何もあったものではない。

「いやあ代表ともなると記者が多いねえ」

三日月も上機嫌で、自身の意気込みも代表メンバーも、ワラワラと集まってきた記者たちに、ペラペラと発表してしまった。

美香は「ちょっと待って」と言ってからの記憶がない。無我夢中でメモはとっていたが、それは自分だけのものではなく、多くの記者が共有した情報と化してしまった。

喜びから落胆へ。美香はスクープのカードを、一枚失った。

三日月コーチが再びＶＩＰ席に去り、代表番記者などもぞろぞろと席に戻っていった。

「これで代表ネタはＯＫ。優勝原稿で喜びの声を取るのと時間が被らなくて良かったー」

などという、首都圏の記者の声にも、反応する気も湧かなかった。

肩を落とす美香に、背後から声をかける者がいた。

「代表候補ネタも狙っていたんだっけ。残念……だったな。でもまだ、次があるさ……」

睦月は励ましたつもりだったのだろう。しかし、美香はうつむいたまま、肩をふるわせた。

「次……？　〝次〟って、何よ」

顔を上げ、睦月に向けた目線は、濡れていた。

「〝次〟って、何だって、言っているの！　あたしには、その次がわからないの！」

こうなると、止まらない。

「追っているネタは、確かにまだあるよ。でも、それを取れる確証もない。取ったところで、来季があるかどうかもわからない。

30歳でキャスターから記者になれと命じられて、ずっと不安定だった。いくら突撃して、いくらネタをつかんでも、一生懸命やっても、次がどうなるかわからない気持ちに追われて、手応えもなくなっていた。だからもう、杜都テレビを出て、自分で勝負するつもりだったけど、何をその足がかりにしたらいいかわからない。

やっぱりあたしは今日、ここで大きなことを伝えない限りは、次がない……次が見えてくることすらないの！

さっきのスクープだって、あれがあたしの最後のプレーになったのかもしれないの！」

最初はたじろぐばかりだった睦月だが、いつの間にか面と向かって聞き入っていた。

「あんたはいいじゃない。次があるんでしょ！　『サッカーホリデー』みたいな、大手の連載があるじゃない！　レギュラーが約束されているじゃない！　悔しいけど、毎回のように、キマイラスのサポーターに、ネットとかで評判になってるのは知ってるもの！　あたしは原稿を書いても、いつの間にか読むキャスターの方が評判になることの方がずっと多くなったし、名前すら忘れられちゃったもの！　伝えたいことを伝えられているかすら、わからなくなったの！

だから、次があるあんたの話は、あたしには響かないの！」

言うだけ言って、ちょっとだけ二人の間に沈黙があって、呼吸が少し落ち着いて、美香はそれでもまだ何かぶつけ足りないようだった。それでも、ここまででも既に言い過ぎたかとも思い始めた。

だが睦月は、いつものように説教はしなかった。

「読んで、評価してくれていたんだ……」

ちょっと噛みしめてから、続けた。

「『サッカーホリデー』は、今年で終わるんだよ。休刊という名前の廃刊かな」

睦月は、確かめるように明かした。

「大きな取引先の、ひとつだったけどね……出版不況とかいろいろあるみたいだけど、自分にはどうしようもない理由だった。そりゃあ悔しいけど、今は落ち込んで、止まっていてもしょうがない。何とか、次を見つけなければいけない」

「そんな大事なこと、なんで……」

「正式発表されていない事情は、飛ばして出さない主義なので」

「でも、〝次〟のための、結果が必要でしょ。今も、杜都の日本代表のこと、スクープにしたかったんじゃないの？」

「いや、出すのは正式発表してから」

「そんな、悠長な……」

「まあ、一発逆転とか、強引なこととか、突撃とか、飛ばしとか、そういうのも必要な時はあると思うよ。お前がやっているみたいなことに、憧れたときもある」

「……」

〝飛ばし〟はしたことないぞ、と言いたかったのに、どういうわけか美香はそれを口に出せなかった。

「変わることも必要だけれど、でもね、この場合なら、自分が前に進むには信じてやってきたことを軸に、前へ行くべきだと思った。それが正解かどうかはわからないし、俺にとってもこの試合の取材が、最後かもしれない。でも……」

少し、息を吸って、睦月はあらたまった。

「俺のラストプレーは、一発逆転ものじゃなくて、積み重ねた末のものだと思っている」

うわっ相変わらず説教くさい！　という言葉を堪え、美香は、

「……どれがラストプレーになるか、わからないけど、試合の最後まで、ちゃんと見届ける」

と、噛み合わなくても言いたいことを発した。

「あたしはそのとき、やっぱり一発逆転ものをねらうかもしれないけど、とにかく、やけにならず」

「まあ、それぞれの信念を、最後まで」

取材対象の杜都は追い詰められているのに、睦月はこの日一番の穏やかな表情だった。

「そうだ！　信念を捨てるな！」

突如聞こえた声に、二人は顔を見合わせた。

「あんた、誰？」

「あ、よく見たらさっき受付していた……」

睦月は試合前に、エッティとともに受付を訪れた時のことを思い出した。あの時にいた、元日本代表ＤＦだ。

「誰？」

「失礼な！　富沢健司だ！」

自ら説明したこの選手は、阿知美で長年最終ラインのディフェンスリーダーを務めてきた者だった。目立たなくてもチームを支える、燻し銀。そういう評判だったが、今季は世代交代の波にもまれ、ベンチ入りも厳しくなっていた。

「俺も、俺のメッセージを伝えに来たんだ！」

コーチングに定評がある彼は、主張も強い。本当は陰ながら優勝を目指す仲間を見守ろうと、ひっそりこのスタジアムにやってきていたのだが、どうもいても立ってもいられなくて、ハーフタイムにロッカールームに入ろうとしたらしい。だがその場所がわからず、今の今まで彷徨っていたという。

どうも、この元日本代表ＤＦも、あの二人組と同じような道を辿ってきたようだ。

「いやあ何だか違う部屋に入ったり、スタジアムＤＪにわめかれたり、変な着ぐるみにぶつかって追いかけられたり、散々だった」

突如問わず語りが続いたが、美香はそれを聞いているうちにいろいろ気持ちが落ち着いてきた。

と思ったら、

「あーっ、それだ！」

杜都ロッカールームからユニフォーム姿の者が走りこんできたと思ったら、いきなり美香のジャケットの胸ポケットに手を伸ばしてきた。

「何するのこの変態！」

再び落ち着きを失った美香の掌底打ちが、選手を吹っ飛ばした。

「ん？　弥田？　何だ、お前らどういう関係？」

睦月の言葉で我に返ると、美香は今撃退した人間が、杜都のＦＷ弥田だと認識した。

「違う違う、その、ポケットの方！　マミーちゃんを返して……」

弥田が何だか情けない声で、懇願してくる。

「え、〝マミーちゃん〟って……これ？」

美香は胸ポケットから半分顔を出していた、お守り風マスコットを取り出した。

＊

「どこに行っていたんですか？　もう始まりますよ」

デルタスタジアム杜都のメインスタンド、記者席に戻ってきた美香と睦月を迎えるように、エッティが尋ねる。

「まあ、いろいろトラブルが」

「トラブル？　その割には、二人とも何だか嬉しそうですね」

睦月がちょっと頬を染めた。美香も英語のニュアンスが伝わっていたのか、やはり、ちょっと染めた。

「試合を楽しめるのは、いいことですよ」

ピッチ上に出てきた杜都キマイラスの選手たちは、0－1でこの後半を迎え、残留に向け崖っぷちにいることは間違いない。でも、エッティの言うように、この状況を前半よりは楽しんで受け入れられるかもしれないと、先程の騒動を通して美香は思っていた。

「まさか、あの変なマスコットが、弥田の守り神だったなんてねえ」

ウォーミングアップ時にロッカールームにちょっとだけ忍び込んだ降谷から渡された、謎の戦利品。あれは、弥田の持ち物だったということだ。母からのプレゼントであるあのお守り型マスコットが。頻繁に更新する画像系ＳＮＳに、軽妙な言動。ＦＷという目立ちやすいポジションで、女子人気も高い。実際に多くの女性と浮き名を流した弥田だが、実は最も御加護があった女性は母親だった。

ちなみに一時期弥田が日本代表候補になった頃、取材攻勢をかけていた美香も心ない外野に噂を流されたことがあったが、実際は何もなかった。

そんなことまで思い出しながら、美香は一人遅れて杜都の円陣に入る弥田の姿を見ていた。心なしか、焦りながらもそのダッシュは前半よりも軽快なように見える。

「すみません、遅れちゃって」

「ミーティングの後にどこかに飛び出したから、何かと思ったぞ。でも、焦らなくていい」

夏目主将がなだめたように、阿知美セイバーファングスの選手たちは今になってピッチに出てきた。どうもミーティングでの監督の話が長かったと見える。ハーフタイムインタビューでも、ゲラエストラ監督は熱弁を振るっていた。

「さあ後半のキックオフだ！　キマイラス、逆転だあ！　やばーいダヴァーイ！！」

スタジアムＤＪダサエフ健の声が響く。何がやばいのかはさておき、両チームの運命を決める45分間が始まった。

勝てば文句なく優勝が決まるのが、アウェイの阿知美セイバーファングス。他会場の状況と合わせ、勝たないと一部に残留できない杜都キマイラス。勝利の二文字はそれぞれにとって違う色を帯びているのかもしれないが、どちらにとってもその二文字は重い。

そして、現在は阿知美が1点をリードしている。杜都選手の表情には焦りが見える……かと美香は思ったが、記者席から見た感じでは、そうでもなさそうだった。

ハーフタイムには、ロッカールームで何があったのだろう。また足柄監督が駄洒落でも言ったのだろうか。疑問を追いかけているうちに、美香は自分の方が騒々しいハーフタイムを過ごしていたことを思い出した。

苛立ちを落ち着けるために歩き、三日月元監督に会い、つかんだはずのネタが大盤振る舞いされ、泣き、今隣にいる説教屋になんだか言われ、阿知美のベンチ外のＤＦにもなんだか説教され、前半パッとしなかったＦＷに無くし物を奪還され……。

その後も騒々しかった。ＦＷの弥田とＤＦの富沢は過去の試合でやり合ったことがあるそうだが、それが関係しているかどうかは別として、話を遮られた富沢と、マミーちゃんを手にして試合に戻りたかった弥田がまた言い合って、その場から逃れたい美香や睦月もごちゃごちゃしていたら、どこかから現れたキュー衛門が全員を吹っ飛ばした。彼が手にしたホワイトボードには、

「しごとしろ！」

と、書かれていた。

その場にいた全員が、顔を見合わせ、ちょっと間を置いて、苦笑い。

「そういえば、今回はゲンさんの『静かにしろい！』がなかったな」

と睦月が言えば、美香も、

「それこそ、もう〝しごと〟に行ったんでしょ。あたしたちも、行かないとね」

と返した。前半終了後からのイライラは、どこかに行ってしまっていた。

＊

ピッチ上の杜都の選手たちは、後半になってからは前に出てプレーができるようになっていた。

「多分阿知美は守りに入ったな。試合の流れを読むことに長ける彼らは、1点をリードしてからは守りに重心を置けば、杜都には点を取られない自信があるんだ。今までもそうだった。後ろでボールをゆっくり回して相手を焦らせて、無理して前に出てきたところでミスを誘ってボール奪取。前掛かりになった裏をカウンターで突くプランに切り替えたな。杜都はつまりボールを〝持てる〟ようになったのではなく〝持たされている〟格好で……」

というようなことを睦月が長々と英語で説明していたようだが、例によってエッティがきょとんとしていたので、

「無理しないでカウンター狙いになったんでしょ」

という美香の一言が加わり、それが睦月によってしぶしぶ英訳されたことで、伝わった。

確かに杜都がボールを〝持たされている〟感じではあるが、やはり、1点を追うはず

の杜都の方に焦りは見えてこない。そればかりか、阿知美ボールになったときに時間稼ぎをされても慌てず、あるタイミングで杜都の選手が一気にボールへ集まって、プレッシャーをかけているようだった。

「狙いどおりだな」

ベンチの足柄監督が、ほくそ笑んでいた。

前半の終わり頃のように、阿知美が2点目のために畳みかけてきたらどうなるかわからなかったが、彼らは無理せず1点を守る方を選んでいたようだ。そう思ったら、先程洛中が追いつかれて1－1になったという報も入ってきた。これで、なおさら阿知美は無理をしないだろう……。

「ハーフタイムの指示が、なお生きるな」

独りごちた監督の声は、大観衆の声援の中では隣に座るコーチ陣にも聞こえない。だが、それでよかった。ピッチ上の選手たちは、忠実に後半の作戦を実行していた。

阿知美の中盤の底を支えている斯波にボールが入ったときに、一斉に2トップとトップ下の西嶋が囲い込む。3人の誰かが不在の場合は、近くのポジションの選手が助太刀に入り、最低でも3人でボールを奪いにいく。これが効いていた。

優勝経験豊富で、試合運びも手慣れた選手が揃う阿知美セイバーファングス。新人選手にもその哲学は受け継がれている。杜都から阿知美に移籍した斯波も、その試合巧者ぶりが身についたからこそ、このチームで先発をつかんでいた。

それでも、最終節、優勝がかかった試合は斯波にとって初めての経験だ。重いプレッシャーがかかる。

さらにそのプレッシャーを増したのが、このデルタスタジアム杜都の空気だった。このスタジアムに集まるサポーターは、思いを声に込めて声援を送る。それが、リーグ屈指の音響とも言われる屋根に響き渡る。かつて味方だったその声は、今ではにっくきアウェイの敵となった斯波にとっては、能力を制限される呪文のようにのしかかる。

前半は、阿知美にとって攻める展開だったからまだ良かった。積極的なプレーで、ある程度振り払うことができたからだ。だが今は、チーム全体が無理をしない、〝いなす〟プレーを選択し、相手に合わせる受け身の要素が強い。

こういうときに受けるプレッシャーは、きつい。足柄監督はコーチ時代から、良く言えば優しい、悪く言えば気弱な斯波の性格を知っていた。勝負となれば、そこを利用する。かつてのチームメイトに襲いかかられ、斯波はおっかなびっくり近くの味方にボールを渡したり、ボールを失ったりする場面が目立ってきた。

足柄監督に不安があるとすれば前半にプレーがさっぱりだった弥田が高い位置からプレッシャーをかけてくれるかどうかだったが、円陣に戻ったときには前半とまるで違う生き生きとした表情をしていた。

「俺のハーフタイムの駄洒落には、反応しなかったくせに……」

と苦笑いしたが、どういうわけか後半は別人のように鋭い守備をしている。まだ、彼を交代せずに済みそうだ。

阿知美のベンチもざわついている。おそらく、2位のチームが追いつかれたという速報は、向こうもとっくに知っているのだろう。無理をしないでいい――状況だが、ボール回しにリズムを作るはずの斯波のポジションが慌ててしまっている。百戦練磨の阿知美の選手たちも人間だ。足柄はニヤリと微笑む。

「この試合をホームでできて、良かったよ」

杜都キマイラスは、攻めに出ている。そう解釈して良さそうだ。

美香はそう戦況を感じ取り、同点ゴールを待った。前半にも増して、そのゴールとか勝負とか、それ以外のものも、視覚聴覚、五感すべてに飛びこんできていた。

追いつきたい杜都。逃げたい阿知美。それぞれに、ドラマがある。それを応援する人々にも、試合を運営する人々にも、チームを追って報じる人間にも、それぞれ背負っているものがある。

ここは杜都のホームだし、この不利な試合で勝つために残り時間でできることをやろうとしている人たちがいる。そして、こっちから見ればにっくき敵である阿知美にも、戦う理由があって、それぞれのドラマがある。さっきの、えーとなんて名前だっけ、とにかく、あの方向音痴のＤＦにも。

あの阿知美のＤＦは、「もう来季の契約はないと決まっている」と言っていたっけ。でも、後輩たちの優勝を見届け、伝えたいことがあるとか言って、でも合流できなくて、あたしたちが説教を聞かされる羽目になったんだっけ。まあいいや、とにかく、阿知美の側にもドラマがある。

どちらのチームも、この試合の結果次第では選手や監督の去就が変わってくるだろうし、この試合を最後にチームや街を離れる人もいるだろう。

そして、今ここで力の限り応援しているサポーターたち。杜都の熱いサポーターは、多分チームが２部に落ちても、支え続けるだろう。でも、何らかの理由で、離れてしまう人もいるかもしれない。スタジアムに来られなくて、放送を通じて応援している人もいるだろう。それも見られず、ネットの速報に一喜一憂している人もいるだろうし、それを逐一ＳＮＳに書き込む人も多いだろう。

去年の台風による水害で被害を受け、今も仮設住宅に住んでこの試合を見守る人もいると聞く。彼らにとって、このキマイラスは、弱かろうがお金がなかろうが、心の支え、希望なのだ。

そういった思いがスタジアムに集まって、この空気を作り出している。だから、今はこの席から動けないけれど、その空気を最後の瞬間まで感じて、伝えよう。チームが、あたし自身が、どんな結末を迎えたとしても。

「でもやっぱり、勝ってほしいな」

正直な気持ちを思わず漏らした、そのとき……

杜都は右サイドからいつの間にか切れ込んできた井田が、ミドルシュートを打っていた。前半はさっぱりだったこの若手が、後半は積極的に前に出るようになっていた。しかしこれは惜しくもクロスバーからボール１個分くらい上に外れた。

「今のは惜しいシュートでしたね」

「後半は杜都の方がシュートしていますね」

「あっと、ここで……チェが倒れています！」

実況の七尾アナウンサーの声とともに、カメラが切り替わる。美香も杜都左サイドでの異変を、視界にとらえていた。

左ウイングバックのチェが、足を攣っていた。恐らく、プレー続行は不可能だ。パワフルな選手だがもともとスタミナに難が有り、最初に交代することも多いのだが、この日はいつもより早かった。前半にかなり守備に追われて消耗していたのだろう、後半が始まって10分を過ぎたところで、もうチェは交代を余儀なくされた。

「実さん、チェの交代、早すぎませんか」

コーチの心配とは逆に、杜都の足柄監督は落ち着いていた。

「いいんだ。むしろ、勝負どころが早くなる方が好都合」

交代への準備を進めた。

美香は、杜都キマイラスのベンチからコーチが立ち上がり、控え選手を呼んだことに気付いた。少し離れた場所でウォーミングアップをしていた選手の中で、コーチの声に反応して、ベンチへ向かった選手がいる。

箭内大義だ。

若手の頃から見てきた、プロ13年目の35歳。このチームでまだまだやれる、と見ているが、それでも今季はベンチスタートがほとんど。不出場も珍しくなくなった。この試合を前にした練習でも、紅白戦の時に所謂Bチーム、先発ではない方でずっとプレーしていた。

それでもこの大一番で、彼が出場することを美香は予期していた。思い入れが強いのは認めるが、それだけではない。練習後に捕まえて連日聞いたのは、来季の去就のことばかりだったが、それがどうなるにしても、彼は必ずこの試合に出ると思っていた。それが、今、現実になろうとしている。

ただし、美香はこの経験豊富なベテランが先発出場すると思っていたし、ベンチスタートなら3人目、本当の切り札かなと思っていた。手元の端末での中継音声を聞くべく、イヤホンを再び身につける。リポーターの立石がハキハキ伝える。

「杜都キマイラスのベンチが動きます。箭内を準備しています!」

間違いない。押している時間に、勝負を賭けようとしているのか。

「ここで箭内が入るんだ」

美香は担架で運ばれたチェに代わり、箭内がピッチに入ることを確認した。やはり、今週の練習を見ていて「箭内の出番はありそうだ」と思った自分の直感は間違っていなかったと、一瞬安堵した。

そして「頼む、なんとか……」と心で念じる。記者席では応援できぬ身。祈りながら、試合の行方を見守ることしかできなかった。

「問題は左アウトサイドが代わることだな。箭内がそのままウイングバックに入るか……あ、いや、全体のフォーメーションが変わった？　これは4バックにして、阿知美の4－4－2とマンマーク気味にマッチアップさせるところをはっきりさせて、浮いた選手がトライアングルを作りやすくするように……」

また隣でゴチャゴチャと英語で説明している睦月に美香が、

「4－4－2に変えたってことでしょ」

と突っこんだ。

その通り、箭内投入によって杜都は形を変えた。3－5－2から4－4－2へ。

3バックの左に入った金平はサイドバックもできる選手なので、3バックが左にスライドし、空いた最終ライン右サイドに井田が下りて4バックを形成。中盤の底はヤコブセンと北川の凸凹コンビで変わらず、右サイドのＭＦにそれまでトップ下だった西嶋が流れ、左サイドのＭＦに箭内が入る。２トップは既に後半開始から相手中盤にプレッシャーをかけるため横並びになることが多かったが、この布陣変更でもそれは継続。杜都のボール保持時にはミトロフスキーのみが前に残るのではなく、横並びの状態から彼か弥田のどちらかが飛び出す形になった。

「狙いどおりだな」

足柄監督がほくそ笑む。杜都の攻勢が強まった。あの無口な和久井は指示に苦心しつつ、それでも身振り手振りを交え、最終ラインを押し上げた。

＊

「どうなっているんだ、このチームは……」

阿知美セイバーファングスの倉持は、狙いどおりに進めていた前半から、展開が様変わりしていることに困惑していた。

表情はクールでも、内心はまた別だった。周囲の選手と同様に、苛立っているのが自分でもわかっている。しかし、悟られてはならない。後方の斯波が、後半から明らかにボールを持ったときに狙われている。倉持が下がって斯波をフォローする場面が、増えていた。斯波は明らかに、プレーがナーバスになっている。加えてベンチでは、ゲラエストラ監督が立ち上がり、何やら長々とわめいている。

「リードしているんだから、あんたが慌ててどうするんだよ」

とにかく鼓舞するタイプの指揮官であることはもう十分わかっているものの、さすがにこの状況ではもう少し静かに見守ってほしかった。

そして指揮官のわめきも、その中身は聞こえない。とにかくスタジアムの応援が迫力を増しているのだ。

デルタスタジアム杜都は、アウェイの立場の者にとっては脅威の場所だ。百戦練磨の阿知美でも、この相手サポーターの声が、歌が、重く響いてくる。それだけの思いが乗っている。いつも自分たちを助けてくれる阿知美サポーターも大挙して駆けつけてくれているのに、その大声援をも上回る声が、杜都側から響いてくるのだ。

斯波がパニックになるのも、頷ける。

「だから、自分がサポートしないとな……」

相手が中盤でボールを持って、全体を押し上げてきた。倉持は斯波を援護すべく、また、中盤の底に下りた。

「シバ！　相手はまだゴール前に人数を集めるまで時間がかかる。その前にＤＦとブロックを作るぞ」

斯波が安心して返事をする前に、二人の間を弾丸のようなボールがすっ飛んでいった。

杜都の中盤の底にいたヤコブセンが、持ち上がるかと思いきや、遠目から打ってきたのだ。

＊

「あの野郎、何を勝手に！」

ヤコブセンが攻め上がってシュートを打ったとき、本来は攻撃的なのに自重して守備的なポジションを取っていた北川が思わず口に出した。

本来は守備的なのに攻撃に出たくてしょうがなかったヤコブセンは、マッチアップする相手が下がってくれたのをいいことに、相手陣内まで攻めこみ、プレッシャーもこないために思い切り右足を振り抜いた。相手は深い位置にＭＦとＤＦが４人でバリケードを作っていたが、ボールはその間をうまく抜けていった。

間一髪、阿知美ＧＫ三沢の伸ばした手が届く。好セーブで、ボールは右ポスト側にこぼれていった。

しかし、そこには井田が攻め上がっていた。３－５－２から４－４－２への布陣変更で右サイドバック、つまり最終ラインへ下がっていたのだが、この選手は普段はおどおどしながらいつの間にかゴール前に攻め上がる。この独特な感覚を足柄監督は買い、先発に抜擢していた。

井田がこぼれ球に詰める。しかし体勢を立て直した相手ゴールキーパーが体を広げ、またもシュートを弾いた。

「あーっと、またしても三沢が立ちはだかった！」

「好セーブ二連発ですねえ」

実況席も、ピッチ上の選手も、立て続けのビッグセーブに、杜都のチャンスはここで終わったかのように思われた。

しかし、井田のシュートが弾かれた先には、もう箭内が走りこんでいた。その前には阿知美DF芹沢がクリアしようと詰めていたが、箭内はちょこんと左に流す。

弥田がいた。ようやく、得意のゴール前のポジショニング能力を最大限に発揮した。

こぼれ球を、確実に優しいタッチで押しこむ。杜都キマイラスにとっての、大きな同点ゴールだった。

杜都サポーターが、爆発したかのように声を上げる。

そして弥田は思わず、雄叫びをあげた。

「やったよマミーちゃん!」

「誰だそれ?」

「新しい彼女か?」

チームメイトたちは不思議がりながら、喜びを弾けさせた。

＊

「ただ今のゴールは、65分、杜都キマイラス、背番号9、弥田涼! やばーい、ダヴァーイ!!」

「ダヴァーイ！」

スタジアムＤＪダサエフ健のアナウンスに、サポーターが反応する。

デルタスタジアム杜都の空気は、もうやばいとかダヴァイとかそういうレベルではなかった。ただの1点ではない。勝点0を勝点1に変えるかもしれない1点。そして、チーム全員でもぎ取った1点だった。

ゴールの着火点はヤコブセンのミドルシュートだが、その前から選手交代やプレッシャーのかけ方の変化など、様々な要素が重なって杜都は攻勢をかけていた。ヤコブセンの攻め上がりは正直なところ無謀で本能的なように美香には思えたが、その後方のディフェンスラインが押し上げており、背中を押された効果も大きい。3バックから4バックになり、中央のＤＦは減ってしまったが、口下手な和久井が何とかリッターとコミュニケーションをはかり、ラインを上げるタイミングを合わせた。

そしてシュートのこぼれ球に反応できるように、多くの選手がフォローのためゴール前に駆け上がっていた。前半は守備に追われていた分、余計な消耗も強いられたというのに、この時間帯にもまだ長い距離を走ることができている。井田の野性の勘による攻撃参加も、後半にマミーちゃんの御加護のもと復活した弥田のフィニッシュも見事だった。

そして、箭内が効いていた。

彼の投入は杜都が攻勢を強める契機となり、同点弾につながった。それだけでも大きいのだが、井田のシュートのこぼれ球を、相手DFの反応を察知した上で左にちょこんと流す。弥田がそのポジションに走りこむことも予測して、シュートよりその〝ちょこん〟を咄嗟に判断したのだ。この〝ちょこん〟のために、もしかしたら自分は取材をしていたのかもしれないと美香は思った。

若手の頃から見続けて10年。この大一番での決定的な仕事は感慨深い。スタンディングオベーションをしたいくらいだったが、何とか堪えた。睦月すら立ち上がらず戦況を見ている。一番関係ないはずのエッティが、立ち上がってサポーター並みに拍手喝采していたが……。

美香の内に、奇妙な落ち着きが残っている理由は、追いついたからといって安心ができないことだった。

確かに、全員でもぎ取った1点だ。しかし、現時点では、1点では足りない。

このままいけば、つまり杜都が1－1で引き分けて勝点1を加えれば、勝点40の得失点差マイナス17。まだ1－0でリードしている直下の新田奈は勝点3を加え、やはり40。だが向こうの得失点差は杜都を上回っているのだ。

やはり、あと1点が必要だ。勝って勝点を42にしたい。阿知美相手にそれは難しい話だが、今のゴールで杜都が得た勢いを考えれば、ありえない話ではない。

他会場が余計なことをしてくれなければいいが、そうでなくとも阿知美は勝利での優勝しか考えていない。引き分けでOKなどとは考えない。彼らのスローガンは、最終節も『容赦なし』なのだ。

キックオフ後は五分五分といった感じで進んでいたが、やがてアウェイ応援席、つまり阿知美サポーター側が何やらザワザワしだした。阿知美を勝点差1で追う洛沖が得点、2－1として再び勝ち越した。このままいくと1位の阿知美が勝点1を加えて68、しかし2位洛沖が勝点3を加えるとなると69で、逆転優勝となる。

「なんて余計なことをしてくれるの！　っていうか、ざわつくな！　ベンチに知らせるな！」

美香が叫ぶ目の前では杜都のリッターと金平が阿知美のFWトゥバロンを挟んでボールを奪い取る好プレーを見せていたので、

「何が余計なんだ？」

と、睦月に首をかしげられた。

「あんたのことじゃない！」

と返し、ますます首をかしげられた。

そしてもっと苛立っている者が、眼下の阿知美ベンチにいた。

「阿知美ベンチが動きます！」

ピッチリポーター立石明日菜のテキパキレポートを待つまでもなく、阿知美のゲラエストラ監督はずっとベンチから立ち上がり、また、動き回っていた。そして人一倍派手な身振り手振りで、ウォーミングアップ中の阿知美控えメンバーを呼ぶ。

「何も一人呼ぶだけで、そんな大袈裟な……」

上から見ていた睦月は、直後に面食らった。

阿知美セイバーファングスのゲラエストラ監督が殊更派手なジェスチャーで選手を呼んだのには、訳があった。

一気に上限である3選手を交代し、勝ち越しを図ったのだ。

「マジか、あの監督！」

これにはクールな倉持も驚いた。倉持を追いかける報道陣も、露骨に「代ぇないでくれ」という表情を作る。

また、後半は相手のあからさまなプレッシャーにいいところがなかった斯波は、

「ああ……もう代えられる……」

と、すっかり意気消沈した。

一方、前線でおさえられっぱなしのエース・トゥバロンは、

「ふざけんなあと15分あれば十分点は取れる代えるな代えるな代えるな代えるな代えるな」

と呪文のように唱え、マークするリッターに気味悪がられていた。

しかし、この3人は交代されなかった。

ゲラエストラ監督がわめきながら交代したのは、左サイドバックの小山内、右ＭＦの進藤、そしてＦＷの米田の３人。精彩を欠く斯波とトゥバロンはピッチに残された。

「何何何、どういうこと？」

スタンド記者席の美香も、目を丸くする。よく見ると中盤が菱形から、中盤の底に二人が並ぶ台形に変わっている。杜都と同じ４－４－２か……と思われたが、相手の左Ｍ

Ｆ舟木が左サイドバックに下がると思いきや、そのまま。逆のサイドバックも高い位置をとっている。

阿知美は４－４－２というより、２－４－４と言った方がいい形にして、総攻撃をかけてきた！　後半も30分を回り、自分たちのペースに持ち込むだけでなく、大攻勢に持ち込む気だ。阿知美サポーターも、その音量を上げた。チームと一体になって応援する彼らは、勝負を賭けるタイミングを感じ取っている。

「ハイみんな、ここで押し返されては駄目なのであるー！」

杜都の巨漢コールリーダーが、気圧されそうになっていたサポーターを一喝する。

「こちらも総攻撃であるー！」

杜都サポーターは、守りに入らなかった。

両チームのサポーターが残り15分でまた声量を上げ、ピッチレベルでは地鳴りのように響いていた。スタンドの記者席では、屋根に反響した声援が空気を震わせていた。

「この試合は一体どうなってしまうんでしょうね」

「私にもわかりません」

室内にある実況席は無難な言葉で進めているが、会場の空気はもう、触れた者は誰もが冷静さを失うような力で満ちていた。

杜都はあと2人の交代枠を残している。足柄監督はここで勝点1を確保すべく、守備的ポジションの選手を増やして守りを固めることもできた。次の手はどうするか。榊原コーチは安心材料を求め、どっしり構える足柄監督に問いかけた。

「実さん、冷静ですね。この相手の猛攻を止める次の交代策を、そろそろ……」

「いやあ、ないね。想定外だ」

「ええっ！？」

いつの間にかこの指揮官は、どっしり構えているというより、動けないでいたようだ。

「だって、三枚替えだよ？　予想してなかった。そんな予想はよそう、って感じで」

「そそそそそんな他人事みたいに」

「まあちょっと考えさせてよ。残りあと10分なら十分でしょ」

杜都のベンチも大騒ぎなら、勝ち越したい阿知美のベンチでもゲラエストラ監督が大騒ぎ。しかし、どちらの様子も、ピッチ上の選手たちにはもう届いていなかった。

後半も35分を過ぎ、足が止まってもおかしくない時間帯。しかし大声援が途切れない中で、両チームの選手たちは意地で体を動かし、1点を取るため、1点を守るためにぶつかり合っていた。杜都が４－４－２、阿知美が２－４－４。前後のバランスに違いはあるが、多くのポジションで一対一の正面衝突が起こる組み合わせだ。

「なんかもう、戦術どころじゃなくなったなあ」

という睦月の独り言が、美香の耳に届いた。隣なのに、どこか遠くに聞こえた。

美香は隣の光景が少し変わったと感じた。エッティは相変わらず好奇心旺盛にプレーについて質問し、睦月の説明を聞いてポジティブに反応していたが、睦月は格好つけて一方的に説明を捲し立てることはやめたようだった。

実際に、こんな会話が交わされていた。

「睦月さん、詳しい説明はもういいんですか？」

「ああ……これは……あとはもう、感じたままでいいや」

美香もまた、目の前で起こっている、選手やコーチングスタッフによる意地の張り合いを、考えるよりも感じていた。

ボールをめぐって、一対一でも複数対複数でも火花を散らす選手たち。何だか指示を送っている、それぞれの監督。杜都ＤＦのリッターがトゥバロンとにらみ合えば、無口なはずの和久井が何だか叫びながら周りの選手に指示を出している。序盤にぎこちなかった井田が、右サイドでスペースを作ろうと対面の相手と駆け引きをしている。ボランチの二人は喧嘩をしながら、攻守のバランスをとろうとしている。この1年で伸びた西嶋は、かつてのチームメイトの斯波にプレッシャーをかけ、ボールを奪ったら何とかパスを通そうと前線を見る。弥田とミトロフスキーの2トップは、相手のDFとほとんど取っ組み合いのようになってスペースを奪い合い、ボールを待っている。そして、ベテランの箭内は、これが最後のゲームになるかもしれないのに、懸命に相手ゴール前に走りこんで周りをサポートしている。

みんな、美香がこれまで、練習場で、スタジアムで見てきたプレーの延長線上にある。美香がハーフタイム突入時に抱いた苛立ちは、スクープが取れないこと以上に、この試合展開自体に対するものだった。途中、日本代表のネタに一度引きつけられたけれども、この隣の説教屋にまた目を覚まさせられた。

試合後にはまた、スクープのために突撃するかもしれない。でもそれは、自分の一時の名誉よりも、これまで練習や試合取材を続けてきた長い時間の線上にある……。

試合が始まってしまえば、この席に座ってしまえば、猪突猛進取材もできない。

「でもこの席に座っていると、いろいろなものが見えてくる。

試合の行方は分からない。他会場も絡んでくる。

他力本願、上等じゃない。この攻防を見届けてやる。みんなの生き様を、最後のプレーまで目に焼き付けよう。

あたしが来年、この席に座れなくなっても」

＊

「どうなっている、大丈夫なのか信夫君」

杜都キマイラスの葦原孔二社長は大慌てだ。熱い試合が展開されているピッチサイドで、杜都が１部残留を決められるかどうか気を揉んでいるうちに、隣の信夫悠太強化部長に当たってしまう。

「大丈夫ですから社長」

と宥める強化部長も、実際のところ気が気でない。秦ＧＭもチームの側で試合を見守ろうと威勢良く言っていたのに、社長が来た頃にはどこかに逃げてしまっていた。よって、信夫が社長の言葉を浴びることになる。

と言っても、どうしようもない。目の前でもう死力を尽くしているチームを、信じるしかないのだ。結果が出なければ、自分も責任を取らなければならないのはわかっている。社長もそれを心配しているのだろう。

しかしクラブに創設当時から関わり、今では現場の強化責任者となった信夫は、25年間歴史をともにしてきたこのクラブが結果を出せないことによって、そこに関わる全ての人たちが悲しい思いをすることが嫌だった。いざというときには、冷徹に結果を受け止める覚悟はしている。しかし、選手が、スタッフが、サポーターが、運営に関わる人たちが、杜都市の人たちが悲しむことには耐えられない。

「だから、何とかしてくれ」

言葉には出さずに祈る。そして、まず社長には冷静さを取り戻してほしい……と思っていたら、いつの間にか自分と社長の間に、巨大な生き物が割り込んでいた。

マスコットのキュー衛門は葦原と信夫の間に立つと、この状況下で手持ちのホワイトボードに何か殴り書きをして、社長に向けた。

「しゃちょう！　おちついてみまもろう！

しいわく　ぎぎたるかな　しゅん・うのてんかたもてるや。しかしてあずからず。

だよ！」

「『だよ』ってなんだそれ、キューちゃん！」

戸惑う信夫を他所に、葦原の目に光が宿った。

「部下を信じて見守れと……？　そうか、ありがとう」

社長が呆気なく落ち着きを取り戻した。

「それにしても君、よくそんな言葉知ってるね」

*

「見守ろう、とは決めたけれど……」

美香が落ち着かないまま、試合時間は後半の40分を回っていた。他会場は、先程から動いていない。目の前の試合に集中できると言えばできるが、その目の前の試合も杜都の得点以来1－1。このままだと得失点差のぶん、不利だ。

戦況は五分五分の段階から、地力に勝る阿知美が次第に押す流れになりかけていた。向こうも、勝たなければ目標は達成できない。1点をめぐる攻防は、体力も気力も消耗したこの時間帯でも、激しさを失っていない。むしろ、増していた。両チームサポーターの声援に、背中を押されて。

杜都は2人目の交代を、戦術的な理由よりも体力的な理由でしなければいけなかった。ボランチの一角であるヤコブセンが、足を攣りかけて交代。代わって入った砂川はバランスを重んじるタイプで、本来ならば北川との位置関係は修正が期待されるところ。だが、両チームは点が欲しいあまり秩序を失った状態で、とりあえずボールのあるところで競り合う展開に。砂川も次第にピッチ内の混沌に飲み込まれて、適切な位置取りの感覚を失った。

勝ち越し点が欲しい、両チーム。長身DFを前線に上げての、パワープレーもそろそろ実行するかという頃だった。

「DFを上げる前に、一度自分が……」

斯波俊秀は、終盤の攻め合う展開になって、杜都の前線が自分にプレスをかけてこなくなったと感じ取った。間延びしていた中盤で何とかバランスを取っていたが、前に出ていって杜都からボールを奪い、そのまま攻め上がろうと踏み出した。

その瞬間を、狙っていた者がいた。

パスを受けた箭内大義は、左サイドから中央に切れ込むと、前に出た斯波の背後に向けて山なりのパスを出した。斯波が中途半端に前掛かりになったのに呼応するように、その後ろのセンターバックも前に出かけていた。その背後に、箭内のパスが落ちた。

このボールを、オフサイドにならないタイミングで弥田が受け、ペナルティーエリアに侵入。背後を取られたDFは、たまらず後ろから弥田を蹴倒した。

志津主審は迷わず笛を鳴らし、ペナルティースポットを指さした。

「あーっと、杜都キマイラス、PK獲得ー！」

「大変なところで大チャンスが来ましたねー！」

いつの間にか、実況席も熱を帯びていた。放送室にも、ガラス越しに試合の熱気が届いていた。

もうすぐ、後半45分。まだ点を取ったわけでもないのに、もうスタジアムは大騒ぎだ。

PK獲得の瞬間には、記者席でもあちこちから声が上がった。公正にとか冷静にとか、そんなことを取材者側も態度に表せないくらいの熱が、この席にも伝わっていた。

そして、そのテンションのまま、あるいはちょっと気まずい顔をして、多くの記者は見守ろうとした。

だが美香は、自然と体が動いていた。席を立ち、手持ちのハンディカメラとともに、ピッチに下りようと駆けだした。

「あいつ、また……」

美香がいなくなったのに睦月は気付いたが、自身は持ち場を離れまいとした。だがそれを見たエッティは

「いいんですか？　追いかけなくて」

と、促す。

「済まない」と一言を残して睦月が離席すると、その背中を見てエッティは微笑んだ。

美香は途中でまた広報の米倉牧子にパスとビブスの交換について注意を受けて時間を消費したものの、ピッチへ急ぐ。何かが起ころうとしているピッチへ。勝ち越し点、そして試合終了の瞬間を撮りたかった。いや、その瞬間に、同じピッチの空気を共有したかった。

ピッチ脇では、葦原社長と信夫強化部長が、ＰＫ獲得に思わず揃ってガッツポーズ。そして気を取り直そうとしたところで、葦原が、

「げっ、あのしつこい石橋記者！」

と気付いて信夫の影に隠れようとしたが、美香はそれに目もくれず、カメラマンの立ち入ることができるぎりぎりのエリアにまで進んだ。

「良かった」と社長が胸をなで下ろしていたことにも、美香は気付いていない。撮影エリアに来て初めて、カメラマンだけでなく、立石ピッチリポーターら中継スタッフが同じゴール前に視線を注いでいることに気付いた。両サポーターが興奮して乱入するのに備え、渡辺警備員らがスタンバイしているのも見えた。

「あ、よっしー先輩も来ていたんですね」

篠玲美の呼びかけに、美香も軽く頷く。見れば、杜都市のテレビ局全社が、ピッチレベルで杜都側のゴールにカメラとリポーター、アナウンサーを集めていた。新聞雑誌各社のスチールカメラマンも多い。もしかしたら、阿知美側のカメラマンもかなり混ざっているのではないか。相手側も、どちらにも関係ない日本代表番のような賑やかしも、この杜都サポーターが背後に構えるゴール近くに引き寄せられたか。それくらい、スタジアム中の注目が集まっていた。

キッカーは、倒された弥田でもなければ、その前にパスを出した箭内でもない。ＦＷのミトロフスキーでもなかった。

ペナルティースポットに立ったのは、西嶋俊太だった。

報道陣やサポーターからは、意外さを表すどよめきも聞こえてきた。だがやがて、ゴールの背後に陣取る杜都サポーターの「西嶋！」コールにかき消された。

「ニシ、ここはお前がいけ」

「俺で、いいんですか？　むしろヤナさん……」

「これが最後かもしれないんだろ？」

周囲の選手たちも頷き、背中を押した。ＰＫを得た弥田は、後ろから倒されたときに足首を捻ったらしく、プレー続行不可能。担架で運ばれて、ＦＷ近石龍之介との交代を余儀なくされた。

「なんだ、お前泣いているのか？」

「いえ、大丈夫です」

「俺たちが、サポーターが、ついている！」

この箭内の一言に、西嶋は背中を押された。

「いきます！」

遠くでは阿知美サポーターが、ブーイングやＧＫへの「三沢！」コールをしているが、ほとんど届いてこない。ここで聞こえるのは、大音量の「西嶋！」コールだった。

美香はそれを見て、ルーキー時代から取材してきたＭＦが、この場を任されるようになったことへの感慨を覚えていた。

そして西嶋は、ボールを置いた。サポーターの声を聞き、振られる旗、叩かれる掌、そのすべてを焼き付けようとしたら、目が潤んできた。

志津主審の笛が吹かれ、キックの動作に入る。

すると、信じられないことが起こった。

＊

蹴った瞬間のことを、西嶋は覚えていない。なぜなら、涙で視界が塞がれてしまっていたから。そして、号泣しながら蹴った西嶋は軸足が少しスリップし、弱くすくい上げるような感じのキックになってしまった。

ゴールキーパー三沢の飛んだ方向と逆にボールが向かったところまではよかったが、勢いを失い、妙なカーブを描いたボールは左ポストに当たり、倒れた三沢の腹のあたりにストンと落ちてきた。

ＰＫは成功しても失敗しても誰かが叫ぶものだが、場内は統一感を失ったどよめきが起こるか、あるいは呆気にとられて言葉を失うか、という雰囲気だった。

「三沢、よこせ！」

正気を保っていた倉持が、既にセンターサークルの近くまで上がっていた。ハッとした三沢がボールをつかんで立ち上がると、強肩を発揮し、倉持めがけて放り投げる。

呆然として、反応が遅れた杜都守備陣はその流れについていけなかった。

それでも倉持の正面を塞ごうと、わずかに残っていた杜都の守備陣が慌ててプレッシャーをかける。倉持は近くに寄せられる前に、素早くフリーの味方を見つけた。右サイド寄りに上がっていた斯波だ。先程は自身が中途半端な動きで相手のＰＫにつながる攻撃を許し、そして古巣が現所属チーム相手にＰＫを決めようとしていることを直視できず、相手ゴール前から遠ざかっていたのだった。今も、倉持のパスを受けたくないというのが正直な心境だった。トラップすると、まるで導火線に火のついた爆弾を放るように、

「ごめんなさい！」

と思わず口に出して、相手ゴールに向けて強めのパスを出す。このパスは杜都ＤＦ陣の背後を取った。だが、それを受ける人がいない……。

と思ったら、目の血走ったＦＷが猛然と突っこんできた。

「俺に決めさせろおおー！！」

飛び出してきたゴールキーパー夏目より早くボールに到達し、続くタッチで力いっぱいシュート。

アルヴァロ・ヴェントゥーラ・フィーロ。ボールに食らいつき、獰猛にゴールを食い破るさまから、ポルトガル語で〝鮫〟を意味する〝トゥバロン〟の登録名を有するＦＷの、面目躍如だった。

沸き上がる阿知美サポーター。声を失う杜都サポーター。ピッチ脇の報道陣が記録したものは、あまりにも残酷なコントラストだった。

得点したトゥバロンは、ホホジロザメよりも凶暴な表情で、ゴール裏の阿知美サポーターに向かって吠えた。貴重な勝ち越し点で、得点王を確実なものとするゴールで、今季リーグ戦で対戦した全チームからの得点もコンプリートした。

駆け寄る阿知美の選手たち。志津主審は、さっさとキックオフのため陣内に戻るよう、促している。ベンチではゲラエストラ監督が、作戦なのか説教なのか、もう何を言っているか判然としないくらい叫んでいた。

一方の杜都ベンチは、動きを失っていた。弥田の負傷退場により、交代枠はすでに使い切っていた。足柄監督と榊原コーチは何やら話し合っているようだが、監督は立ち上がらない。立ち上がれないのか。

美香はベンチの表情が見えないことにも苛立っていた。しかし、あまりにも衝撃的な展開に、声も出なかった。いつの間にかピッチ脇の、ビブスに交換しなくても入れるエリアまで来ていた睦月も、立ち尽くしていた。

2－1で勝ち越した阿知美は、他会場がどうなろうと、このままいけば優勝が決まる。だが杜都は、まだ新田奈が1－0でリードしているため、このままいけば降格が決まる。

「まだ……時間は、ある！」

声を絞り出す美香。杜都サポーターも、巨漢のコールリーダーの合図とともに、またコールを始めた。アディショナルタイムは、表示の3分をとっくに過ぎていた。キックオフから、ワンプレーもできるかどうかわからない。

そしてキックオフ。センターサークルでボールを受けた箭内は、思い切り右足を振り抜いた。相手ＤＦにも、相手ゴールキーパーにも触られない、絶妙な軌道のループシュート。

「決まれー！」

思わず、ピッチ脇の美香も、近くの睦月や篠玲美ら他の報道陣も、葦原社長も、信夫強化部長も、キュー衛門も？　思わず、口に出していた。

しかし、これはクロスバーに当たり、ゴールラインの外へ跳ねていった。

直後、志津主審が両手を上げ、笛を鳴らした。

＊

「やったー！」

「俺達、優勝だー！！」

「○×△☆？！！」

喜びを弾けさせる、阿知美の選手たち。タイトルの常連である彼らであっても、新しい勲章を苦労してつかみ取った嬉しさは格別なのだろう。最後のトゥバロンに到っては、何を叫んでいるのかもわからない。

「セイバー！　セイバー！　阿知美セイバー！」

杜都市まで駆けつけた阿知美サポーターも、勝利の凱歌代わりにコールを叫ぶ。

一方、杜都サポーターは、意気消沈……。

と思いきや、少し間を置いて、何やらどよめきが起こった。そして、

「杜都キマイラス！　杜都キマイラス！」

阿知美コールを覆い隠すくらい、大音量の杜都コールが鳴り響いた。

「……何だよ、『降格しても支える』ってか。優しいというか甘いというか」

「いや違うでしょこの感じは……何何何、何が起こっているの？」

いじけた口調の睦月を美香が制したそのとき、報道陣でもどよめきが起こり、やがて
安堵の表情が広がっていった。

「新田奈が追いつかれたぞー！」

誰からともなく速報が伝えられると、瞬く間にそれが伝わっていったのだ。

杜都会場でカウンター攻撃が決まったその頃、新田奈会場ではリードしていたホーム
チームが試合終了寸前に失点し、1－1で終えたらしい。ネット速報がなかなか更新さ

れなかったのは、最終節でアクセスが集中し回線負荷が高くて更新作業がなかなか進まなかったことが影響していたのだろう。

杜都は負けて勝点39は変わらず、新田奈は引き分けで勝点1にとどまり勝点は38。杜都は14位を守り、1部残留が決まった。

「いや、俺は知っていましたよ。コーチから聞いていましたから。だからどっしり構えていたわけですよ。速報が来たからって、即、ほぅっとする分けにもいかなかったけどね」

足柄監督が強引な駄洒落で試合後フラッシュインタビューを受けている後ろで、杜都の選手たちも大騒ぎだった。

「残ったぞー!」

選手の声を受け、足柄監督も立石リポーターのマイクに向かって、

「残ったぞー!」と叫ぶ。そして更に、

「俺も、来年残ります」

と、自身の去就をどさくさ紛れに明かした。

「言っちゃったよ!」

葦原社長も、信夫強化部長も、そしてその話をできれば独占で聞きたかった美香も、

みんな同時に聞いてしまった。強化部は、残留したら足柄監督は続投、という話は早い段階で決めていたのである。

　聞きたかったネタがあとひとつ残っていることを、美香は忘れていない。試合後の整列と礼を終えた杜都の選手たちは、サポーターへの挨拶に向かっていった。その中に箭内の姿を認め、ハンディカメラとともに突撃しようとした。

　そこへ、ピッチ脇やスタンドの記者席から一団が押し寄せ、美香を押しのけて阿知美側に殺到した。向こうは向こうで、優勝を決めた阿知美の選手の表情を撮りに行くとともに、移籍の噂を確かめるために倉持丈のもとに詰めかけた。

「今は優勝の喜びに浸らせてください。その話はまたあとでしますから」

　広報が駆けつけるより先に、倉持は冷静に対応した。あんな勝負の後に、そしてこんな興奮の中で、驚くほどの落ち着きだった。

「おいそこのマイク！　私の方に話を聞きに来てくれ！　優勝だよ、タイトルだよ！　だいたい、なんで優勝した我々の方よりも、負けた向こうの方が盛り上がっているんだ！　向こうが優勝したみたいじゃないか！」

　ゲラエストラ監督が、近くのテレビカメラに噛みついていた。

そしてこの阿知美側の報道陣に薙ぎ倒された美香が立ち上がり、杜都ゴール裏サポーターへの挨拶に向かう選手たちに追いついた頃には、他の記者たちも間に合っていた。場内を一周してスタンドに手を振りながら、選手同士でも喜びの声を交わす。それをいち早くテレビ撮影クルーのマイクが拾っていた。

「ヤナさん、やりましたね！　来年も……」

「ああ、俺がいつ今年でやめるって言った⁉　まだまだ、ここでやり残していることばかり。残留で喜んでいる場合じゃないぞ！」

あっという間に、箭内大義の現役続行宣言が、各方面に伝わっていった。

「負けは負けで悔しいです。でも、シーズンを通しての残留という結果は、今日頑張った選手たち、スタッフ、会社の方、ボランティアの方、ここにいるサポーターや、パブリックビューイングとか仮設住宅とか遠くから見守っていた方、みんなの力があって達成できた貴重な財産でちゅ」

夏目キャプテンが肝心なところで噛んでしまうインタビューをしている間、美香は目指していた独占ネタをすべて失ったことを自覚していた。

「あーあ、これで来年からどうしようかな」

そう言いながら、目の前で喜ぶ選手たちにカメラを向け、見守っていた。

このうち何人が来年も残っているのかわからないし、来年も厳しい戦いは続きそうだ。でも、負けてぎりぎりで1部残留を決めるようなこのチームを、愛してくれる人たちがこんなにいる。その光景を、美香は伝えたいと思った。伝え続けたいと思った。

「でも、あたしはこの場所に来年どうやって戻ってこようか……」

さっきビブスに交換するために受付に預けてきた、フリーランス名義の001番の取材パスをふと思い出す。

その時だった。

「あのー、杜都テレビの石橋さんですよね……」

後ろからの声に美香が振り向くと、西嶋俊太が立っていた。泣き腫らして、目が真っ赤だ。隣には、阿知美の斯波俊秀もいる。声をかけてきたのは斯波の方だった。そういえば、杜都時代の斯波は、西嶋と仲が良かったと美香は思い出す。

「やっぱりそうだ。ずっと取材してもらってたから。元気そうで良かった」

「覚えていてくれてありがとう。それから、優勝おめでとう」

「俺のことはいいんです。こいつが、何だか言いたいことがあるらしいけど、このザマで。

おい、ニシ、もう大丈夫だよな？　言えるよな？」

さっき前の気弱なプレーぶりからしっかりと立ち直ったような斯波に促され、西嶋がようやく口を開いた。

「石橋さん……俺、今季限りなんです。この試合を最後に、ドイツに行くんです」

誰も知らない話だった。だからPKのときに、西嶋は大泣きしていたのだった。

「石橋さん、俺がルーキーの頃から、取材してくれたじゃないですか。もしかしたら俺の話もつかんでいたかもしれないけど、極秘にしていたこの移籍話、黙っていてくれましたよね。だからずっとお世話になった人に、最初に教えようと思って。もう、今から記事にしていいですよ」

黙っているも何も、初耳だった。でも、この勘違いが、美香には嬉しかった。もっと嬉しかったのは、ルーキーのときから取材していたのを覚えていてくれたことだったが。

「ありがとう！　早速今日のニュースで流すから、黙っていてね！」

妙な要求にも「ありがとうございます」と礼をして、西嶋と斯波は去っていった。

＊

西嶋が仲間たちと合流すると、マネージャーがTシャツを配っている。「今年も応援ありがとうございました。また来年もN1で」とサポーターへのメッセージが書かれていた。

「無駄にならなくて良かったよ。でも、一枚足りなくないか？」

マネージャーがそう言ったとき、上方からもう一枚のシャツが、ふわりと下りてきた。

「やっぱり、俺もサポーターだよな……」

降谷がスタンドの最上段から投げ入れ、〝返して〟いた。

お揃いのシャツを着てサポーターに挨拶する選手たちを、見守る美香。それにようやく追いついた睦月が、声をかける。

「なんだ、嬉しそうだな。狙っていたネタは、もう取られたんじゃないのか？　これからどうするんだ？」

「教えなーい」

わけが分からないが、美香の清々しい表情に、なんだか睦月はホッとした。

「あたしも残留を決める！　辞表回収！　新ネタ納品！」

勝者と敗者がいるのに、温かく盛り上がるデルタスタジアム杜都。それを見下ろす放送席にも、何かが下りてきたようだ。

「今日の青い空が、温かい空気が、また来年の開幕戦に続きますように。皆さんにとって今日見た最後のプレーが、来年見る最初のプレーにつながりますように」

「フットボールに拍手を」

この物語はフィクションであり、実在の人物・団体などとは関係ありません。実際にこんなことがあったら、大変なことになってしまいます。

しかしいつもどおりのフットボールがあなたの住む場所に戻ってきたその時は、この物語よりもっと大変なことや、面白いことが待っているかもしれません。

雪後 天（せつご　てん）

1974年1月8日山形県山形市生まれ、宮城県仙台市育ち。本名・板垣晴朗。東北大学大学院国際文化研究科在籍時より執筆活動をはじめ、2004年よりJリーグの現場へ。2009年よりJリーグ登録フリーランスライター。サッカー専門新聞EL GOLAZOで仙台の記事を担当し、Jリーグを中心に女子など他のカテゴリーも取材を続けている。感染症禍に見舞われる前にはドイツなど海外にも取材に赴いていた。『在る光—3・11からのベガルタ仙台』（スクワッド）、『いたずらっ子　ベガッ太参上』（実業之日本社／執筆協力）などノンフィクションの書籍を発表。早く以前のように、自由に旅することができることを願う。

雪後天はフィクション執筆時の筆名で、一般書籍ではこれが初めてのフィクション作品。

ラストプレー

2021年7月30日　初版発行

著者　雪後　天
発行人　山田　泰
発行所　株式会社スクワッド
〒151-0053 東京都渋谷区代々木5丁目7番5号
PORTAL POINT Yoyogi-Koen 7階
お問合せ 03-6416-8538

編集　寺嶋　朋也
編集協力　田中　徳幸
装丁・本文デザイン　村上　杏奈
イラスト

印刷　凸版印刷株式会社

ISBN978-4-908324-47-5